고지식과 외곬수의 대화

고지식과 외곬수의 대화

우리출판사

고지식과 외골수의 대화

정희돈 수상집

우리출판사

책을 내면서

　　　　　　　　사람이 한평생 살아가는 길은 각자 타고난 성격대로, 능력에 따라 또는 어쩔 수 없는 환경에 의해서 서로 다른 방향으로 가게 된다. 그렇게 해서 가게 된 길을 걷다가 어느 세월이 지나고 보면 어렴풋이나마 그 길에는 알 수 없는 어떤 운명의 고리가 연결되어 있는 것 같다는 느낌이 들 때도 있다. 그리고 그 고리의 끈은 성격과 아주 밀접하게 연관되어 있는 것 같다. 왜냐하면 삶에 있어서 모든 가치관은 성격에 의해서 형성되기 때문이다. 사람의 능력과 환경은 다음 문제이다.

　　여름 한철 잠시 살기 위하여 7년 간이나 땅속에서 굼벵

이로 살아가는 매미와 같은 인내가 나에게는 없다. 그리고 봄날에 한때나마 화려하게 꽃피우는 목련이나 모란과 같은 그런 삶도 살지 못했다. 나는 어느 산자락에서 비바람을 견디며 일년 내내 자라서 가을에 작으나마 향기로운 한 송이 꽃을 피어내는 구절초 같은 삶을 살고자 애써 왔다.

나는 정말 매우 단조로운 삶을 살아왔다. 특히 나이 들어 직업을 얻고부터는 직장과 집을 오가는 일을 되풀이하며 살아왔다. 일부러 일을 만들어 누구와 만나는 일도 하지 않았고, 사교를 한다고 마음에 없는 소릴 한 적도 별로 없고, 그리 중요하지 않은 모임에는 참석을 자제하였다. 그것은 내가 하는 일에 파묻혀 도저히 시간을 낼 수 없어서도 아니고, 또 무슨 특별한 이유가 있어서 그런 것은 아니다. 내가 뭐 스스로 잘났다고 생각해서는 더더욱 아니다. 사실 잘났다고 봐 줄 사람도 없다. 그저 번거로운 것이 싫어서였다.

얼마 전 학교 동기 모임에 참석했다가 돌아오는 길에 나의 차에 함께 탄 친구와 이런 저런 이야기를 하는 가운데 나보고 자네는 FM(field manual, 야전교범) 아닌가 하였다. 사실 사회에 대하여 정직하고, 회사에 충직하였으며, 가정적으로도 더할 수 없이 성실한 삶을 산 그 친구가 진정한 FM형인데 나보고 그런 말을 한 것은 빈말로 한 것은 아니고 나의 인격을 좀 인정해 주고 싶어서 한 말이라는 것을 나는 안다. 그러나 가만히 생각하니 나에 대해서는 내가 더 잘 아는데, 앞의 그 친구와 같은 훌륭한 면으로서의 FM 같은 사람이 아니라 좀 다른 면의 사람이라고 스스로 생각하였다.

나는 정말 낭만적이고 감성적인 면이 매우 강하면서도 실제 생활은 아주 무미건조하고 남에게 약점이나 특징을 보이기 싫어하는 성격이다. 그러니 지금까지 나는 별명이 없다. 친구나 제자들 사이에 별명이 없다는 것은 내가 완벽해서라기보다 한마디로 드러나는 인간적인 특징이 없다는 것이다. 이것을 좋다고 할 수는 없다. 오히려 불행이다. 나는 가급적 남에게 신세지는 일을 하지 않으려고 한다. 그러니 자연 소극적인 삶을 살아가게 마련이다. 그렇다고 전연 맹탕인 성격도 아니다. 가끔 내가 꼭 필요하다고 생각되는 일은 정말 불같은 정열로 밀어붙인다. 그때는 개인적인 어떤 희생이 뒤따르더라도 이를 감수한다. 그러나 이런 성격을 아는 사람은 별로 많지 않다. 다만 나의 아내만이 조금 알고 있을 뿐이다. 너무 성격에 대한 이야기가 길어졌다.

몇 년 전 졸고拙稿를 모은 수상집《평상심平常心》을 내고 난 이후 몇 년간 신문, 잡지, 회보 등에 실린 글을 모아보니 얼마간의 분량이 되어《고지식과 외골수의 대화》라는 제목으로 한번 묶어 보았다. 자기 앞, 뒤도 잴 줄 모르는 고지식한 사람과 오직 자기 생각만 고집하는 외곬이 서로 대화를 한들 무슨 결론이 날 것이며, 그렇다고 또 그 둘을 잘 설득시킬 뾰족한 묘안도 없다. 그저 자기식대로 살아가게 두는 방법밖에 없다. 그러나 한 가지 분명한 것은 자기가 주장하는 바가 있고, 또 그 생각이 순수하다는 것이다. 그리고 그들은 남을 해치지 않는다는 것이다.

앞에서도 말했듯이 나의 행동 반경이 좁으니 자연 실린 글들이 대부분 내 주위에서 일어난 일들이며, 내가 겪은 경험담이고, 가족을 비롯하여 내 주위에 있는 사람들에 관한 것이다. 여기 실린 내용들은 모두 내가 평소 느끼고 생각했던 것을 조금도 숨김없이 적어본 것이다. 어떤 내용은 내가 설령 그렇지 못하였을지라도 앞으로는 그렇게 되도록 노력하자는 나의 다짐도 들어있다.

나 자신이 무엇보다도 스스로 자랑스럽게 생각하는 것은 내가 한 언행에 대하여 늘 반성하는 태도를 가진다는 것이다. 그리고 내 마음의 기둥이 흔들리지 않았는가 하는 것이다. 다시 말하면 항심恒心을 잃지 않았는가 하는 일이다. 또 어떤 이익에 눈이 어두워 인생의 아름다움을 저버리지 않았는가 하는 것이다. 그래서 이를 지키기 위하여 나는 어떻게 살아야 하는가 하는 것이 나의 평생 화두이다. 또 하나의 나의 모습인 '고지식과 외골수'가 그 해답을 알려줄 수 있을 지는 의문이다. 그러나 한번 기대해 본다.

2004년 2월

압량 캠퍼스 연구실에서

책을 내면서

1 고지식의 미덕

2 약초와 잡초

고지식의 미덕

혼자 가는 산행山行
초여름 단상斷想
느림에 대하여
고지식 그 순진성
산山을 내려오며
전정剪定을 하면서
송하기送夏記

혼자 가는 산행山行

우전雨前 녹차를 끓여 넣은 보온병을 건네주면서 날씨가 좋지 않은데 가도 괜찮겠느냐는 아내의 걱정하는 소리를 뒤로하고 나는 배낭을 메고 집을 나섰다. 나는 본래 할 줄 아는 운동도 없고 또 특별한 취미도 없어 요사이는 운동 삼아 얕은 산을 가끔 혼자 오른다. 바다나 강을 찾아갈 때는 곧 지루한 생각이 드는데 산에 오르면 그렇지가 않다. '산을 좋아하는 사람은 어질다(仁者樂山)'고 했으나 나는 어질지도 못하지만 또 그렇다고 성격이 모질지도 못한 편이다.

주위 사람들로부터 무슨 재미로 혼자 산에 가느냐, 지

루하지 않느냐면서 이해를 못하겠다고 하는 말을 자주 듣는다. 사실 여럿이 모여 희희낙락하면서 떠들썩하게 가면 스트레스 해소도 되고 재미도 있다. 물론 나는 그렇게 가는 것도 좋아한다. '세 사람이 길을 가면 반드시 스승이 있다(三人行必有我師)'고 했듯이 여럿이 가면 남으로부터 배울 것도 있을 수 있다. 그러나 혼자서 산행山行을 가는 것도 여러 가지 좋은 점이 있다.

우선 복잡하지 않아서 좋다. 둘 이상 같이 가려면 먼저 어느 산에 가며 언제 어디서 모여 갈 것인지 등 의논해야 할 것도 많고, 또 그것이 합의되기가 쉽지 않다. 겨우 의견 일치를 보아도 반드시 한두 사람이 늦게 와서 나같이 성질 급한 사람은 지연되는 출발 때문에 처음부터 마음이 상한다. 그러나 혼자 가면 내 형편에 따라 하면 되는 것이다.

혼자 하는 산행의 좋은 점은 자유스럽다는 것이다. 걸음걸이의 속도는 내 체력에 맞게 하면 된다. 쉬고 싶으면 쉬어 가고 경치가 좋으면 구경도 하고 또 더 오르기 싫으면 내려오면 그만이다. 그러나 여럿이 가면 그것이 안 된다. 또 혼자 산에 가면 잠시나마 고독을 즐길 수 있다. 혼자 있으면 모든 것과 친해질 수 있다. 자연에 존재하는 어느 것과도 대화가 가능하다. 그래서 나도 모르게 자연의

일부가 되어 자연에 동화되어 무심함 그 자체로 있게 된다. 그러나 여러 사람이 함께 가면 그렇게 될 수 없다.

언젠가의 일이다. 그날도 혼자 산에 올랐다. 모처럼 찾은 산에는 떡갈나무며 졸참나무에 도토리가 앙증맞은 모양으로 달려 있고 찔레나무의 붉은 열매가 가을 햇볕을 받아 더욱 아름답게 보여 잠시 쉬어 갈 겸 해서 바위에 걸터앉았다. 마침 그 숲 속에 죽은 고목이 있었는데 거기에 이끼와 많은 버섯이 자라고 있었다. 나는 속으로 저 나무는 죽어서까지 남을 위하여 육신을 제공하는구나하는 생각을 하면서 나의 이기심에 대하여 생각을 하고 있었다. 그때 내 앞을 지나던 젊은 남녀 한 쌍이 자기들도 쉬어 가자면서 내 옆에 앉았다. 그런데 갑자기 남자가 등산용 지팡이로 그 버섯을 사정없이 내려치면서 "내 잘하지!" 하고 뽐내었다. 그리고는 "이것들은 모두 독버섯이야"라고 하였다. 나는 정말 어처구니가 없었다. 옛말에 '소인이 한가하게 있게 되면 좋지 못한 짓을 한다(小人閒居爲不善)' 더니 바로 이런 사람을 두고 하는 말이구나 싶었다. 왜 그 버섯을 내려쳐서 전부 부스러지게 하며, 또 독버섯이면 자기와 무슨 상관이냐 말이다. 나는 할 말을 잊었다.

고 지 식 의   미 덕

혼자 산에 간 사람은 그런 짓을 하지 않는다. 혼자 있으면 겸손해지고 진실한 자기로 돌아간다. 괴테도 그의 《이탈리아 기행》 첫 줄에 "새벽 3시에 칼스바트를 몰래 빠져 나왔다. 나는 여행 가방과 오소리 가죽 배낭만을 꾸린 채 홀로 역마차에 몸을 싣고 7시 30분에 츠보타에 당도했다"고 적고 있다. 자기 생일을 축하하기 위하여 온 많은 손님들의 전송과 또 가지 못하게 붙잡는 사람을 피하여 모두가 잠든 시간에 혼자서 여행을 떠난 것이다.

사람은 둘 이상이 되면 자기도 모르게 거만해져서 고성을 지르고, 나뭇가지를 함부로 꺾고, 곤충을 마구 잡고, 아무 계곡이나 돌에 낙서를 하며 말이 거칠어진다. 그러나 혼자 있으면 순수해진다. 혼자 산에 가면 가장 좋은 것은 말을 할 필요도 없고 말을 하지 않아도 된다는 것이다. 두 사람 이상이 가게 되면 자연 대화를 하게 마련이다. 그러다 보면 자기도 모르게 남의 이야기를 입에 담게 되고, 남의 말을 하다보면 본의 아니게 남의 흉과 허물을 말하고 비판도 한다. 결국 구업口業만 짓게 된다.

혼자 산에 오르면 그런 구업을 짓지 않아서 좋다. 그래서 나는 혼자서 하는 산행을 좋아한다.

　　혼자 산행을 하다 어느 높이에 올라서 숨이 차면 가져
간 녹차 한잔을 마시면서 휴식을 취한다. 그러면서 바위가
있으면 바위와 이야기하고, 이름 모를 들꽃이 있으면 그
꽃과 대화하고, 등산객과 익숙해진 산비둘기를 만나면 반
가운 인사를 보내고, 늦가을 높은 산까지 꿀을 따러온 벌
들이 나의 손등에 앉으면 나는 그들을 조용히 맞이한다.
혼자서 산에 오르면 이런 재미를 맛볼 수 있다. 그래서 나
는 오늘도 혼자서 산행을 떠난다.

초여름 단상斷想

　　　　　　　　　　　　아침에 현관문을 나서니
엊저녁에 보이지 않던 죽순이 축대 밑에 불쑥 솟아 있었
다. 뜰 한쪽에 심어져 있는 오죽烏竹에서 뻗어 나온 것이
다. 영롱한 아침 이슬이 아직 맺혀 있어 더욱 새 생명의 신
선함을 느끼게 하였다. 지나다니는 길이지만 차마 어쩔 수
없어 그냥 두었다. 그러고 보니 저쪽 한구석에는 작약이
피어 한창 그 아름다움을 뽐내고 있었고, 붓꽃이며 옥잠화
도 다 제자리에 잘 자라고 있었다. 모란이 진지도 이미 오
래 되었고 벌써 산수유며 매실은 제법 굵었다. 그들이 꽃
을 피었을 때 눈길 한번 주지 않았음을 원망도 했으리라.

그리 크지 않은 뜰이지만 늘 바쁘다는 핑계로 들어가 본 것이 오래 되었다. 죽순이 올라오면 초여름인데 벌써 그렇게 되었나 싶다. 문득 범성대(范成大, 南宋)의 희청(喜晴, 맑게 갬)이란 시가 떠올랐다.

窓間梅熟落蒂 (창간매숙낙체)
牆下筍成出林 (장하순성출림)
連雨不知春去 (연우부지춘거)
一晴方覺夏深 (일청방각하심)

창가의 매실 익어 뚝뚝 떨어지고
담 아래 죽순 돋아 쑥쑥 자라누나
연일 오는 비에 봄 가는 줄 몰랐더니
날씨 개이자 어느덧 여름.　　　　- 이병한 역

이 꽃과 나무들이 5월 하늘 아래서 저마다의 삶을 살아가는 것을 보니 그 자체가 하나의 신비요 아름다움이었다. 나는 잠시 뜰을 거닐며 아름다움에 대하여 생각해 보았다. 존재하는 것은 모두 아름답다. 생명 그 자체가 놀라운 기적이라 했지만 인간이 느끼는 아름다움은 늘 주관적이다. 도대체 인간에게 아름다움은 무엇인가? 밀란 쿤데라는 말한다. "아름다움은 모든 것을 초월한다. 아름다움보다 더

고귀한 것은 없다…, 아름다운 사랑, 아름다운 우정, 아름다운 단풍, 아름다운 음악, 아름다운 나라…, 그러나 욕망의 불꽃으로 인해 두 눈이 멀어버린 사람은 세상의 아름다움을 볼 수가 없다"라고.

소설가 김동리金東里는 그에게 아름다운 것을 들라고 하면 "첫째는 꽃이요, 둘째는 소녀, 셋째는 달"이라고 하였다. 그러나 이 모두가 형상이 있는 것에 대한 아름다움이다. 그럼, 형상 없이 아름다운 것은 무엇인가? 그것은 사람의 마음이다. 그래서 나는 '아름다운 사람의 마음'이 가장 아름다운 것이라고 생각한다. 그러면 사람의 마음에서도 어떤 것이 아름다운 것인가? 나는 먼저 어린이의 순진한 마음이 아름답다고 말하고 싶다. 어린이가 어른답다면 그것은 이미 어린이가 아니다. 때묻지 않은 천진성만이 어린이가 가질 수 있는 유일한 아름다움이다.

내가 초등학교에 들어가기 전이니까 일제 말엽이라고 생각된다. 면사무소에서 물품이 나와서 분배를 해야 되는데 한 집에 한 사람씩 반상회에 꼭 참석하라고 했다. 그때 우리 집에는 갈만한 남자가 나밖에 없었다. 가서 보니 운동화, 고무신, 비누, 양초 등 다양했는데 가격 차이가 너무 나기 때문에

공평하게 분배할 방법이 없었다. 그래서
심지뽑기를 하여 나누기로 하였다. 그때
반장 어른이 "목이(나의 아명) 너는 너무 어

리니 네가 가지고 싶은 것을 먼저 말해라. 그러면 그
것을 제외하고 나누겠다"고 하셨다. 그래서 나는 서슴없
이 양초를 달라고 하였다. 모두들 놀라는 표정이었다. 분
명 운동화나 고무신을 가져갈 것으로 생각했기 때문이다.
그때 운동화는 정말 귀한 물건이었다. 반장 어른이 "왜 신
발을 가져가지 않고 양초를 택하였느냐?"고 물으셨다. 나
는 "집에 제사가 많은데 그때 쓰려고 합니다"라고 하니,
반장 할아버지께서 "참으로 착하고 아름다운 마음이다.
어린 너가 어떻게 그런 생각을 하느냐! 큰 집 주인이 될만
하다"고 칭찬하여 주셨다.

　이것이 내가 세상에 나와서 처음으로 들은 아름답다는
말이다. 지금 나에겐 그런 순진함이 없다. 이미 욕심과 어
리석음, 남을 미워하는 삼독三毒에 절어버린 마음 한구석
에라도 그 싹이 아직 남아있기를 바랄 뿐이다. 그러면 젊
은이에게는 무엇이 아름다운 것인가. 젊은이에게는 희망
을 가지고 있을 때 그 모습이 더욱 아름답다. '희망, 이보
다 아름다운 말이 또 있을까? 라고 했듯이 희망을 가지고

열심히 자기 일에 몰두하는 젊은이가 참으로 아름답게 보인다.

키에르케고르는 "절망은 죽음에 이르는 병이다"라고 했다. 단테도 《신곡神曲》에서 "지옥의 문에 들어가면 희망이란 것이 없다"고 하였다. 절망의 반대는 희망이다. 희망은 바로 생명이다. 청춘은 아름답다고 하는 것은 거기에 희망이 있기 때문이다. 그러면 나이가 든 사람에게는 아름다움이 없는가? 있다면 무엇인가? 나의 요즈음 화두는 나는 무엇을 나의 아름다움으로 삼을 것인가 하는 것이다. 또 어떻게 하면 아름답지는 못해도 최소한 추하다는 소리를 듣지 않고 살아갈 수 없을까 하는 것이다. 이제 나에게는 희망보다는 바람만이 있을 뿐이기 때문이다. 희망은 스스로 쟁취하는 것이지만 바람은 다분히 스스로 그렇게 되어 주기를 기대하는 마음이다.

요즈음 부쩍 무위無爲라는 말에 매력을 느끼고 있다. 무위는 아무 것도 하지 않는다는 뜻도 있지만 어떤 일을 일부러 조작하여 무엇이 되도록 하지 않는다는 의미로 나는 받아들이고 있다. 그래서 무위는 자연의 법칙대로 인연법因緣法에 따라 스스로 그렇게 되어지는 것을 수용하는 마음을 가지도록 애쓰는 마음이다. 그러면 가만히 앉아서 그렇게 되는 것을 운명적으로 기다리고만 있을 것인가? 아니다. 나는 이 무위를 얻기 위하여 적극적이고 치열한 마음으로 나 자신과 싸울 것이다. 그래서 성직자가 출가할 때 가졌던 초발심初發心이 아름답듯이 나도 내 어릴 때의 그 마음으로 돌아가는 일이다. 내가 세상을 아름답게 볼 수 있을 때 나도 남에게 아름답게 보일 것이다.

초여름 이른 아침 맑은 공기를 마시며 내가 늘 세상을 아름답게 볼 수 있는 마음을 가질 수 있게 되기를 기원해본다.

느림에 대하여

토요일 오후, 한 학기의
종강을 하고 나는 혼자 남았다. 너무나 조용하다. 연구실
앞 연못에 떠 있는 수련과 못 둑에 서 있는 키 큰 메타세코
이아의 푸르름을 보면서 나는 잠시 지난 한 학기를 돌이켜
보았다. 그리고 올 여름방학과 후학기에는 무엇을 화두로
삼아 살아갈까 하는 생각을 하였다. 그러면서도 한편으로
는 요즈음 내가 무엇을 시작하겠다고 하든가, 무슨 일을
계획한다고 하면 모두들 이제 그 나이에 가만히 살지 뭐
또 일을 하려고 하느냐는 말을 자주 듣기 때문에 나 자신
도 그냥 사는 대로 살면 되지 뭐 새삼스럽게 또 다른 일을

찾을 것 있나 하는 생각이 들 때도 있다. 그러나 그냥 그렇게 살아간다는 것은 너무 허무하다는 생각이 든다.

사람은 살아 있는 동안 늘 자극을 주고받는다. 그 가운데 자기 반성이 따르고 자기 개혁을 이루면서 진전된 삶을 살아간다고 나는 믿어왔다. 우리가 주위에서 일어난 어떤 자극에 대하여 아무 반응이 없다는 것은 죽은 삶과 같다.

나는 평소에 너무나 성급하고 조급하게 산다고 생각하여 왔다. 그래서 때때로 이제는 좀 느리게 살도록 하자고 마음먹지만 잘 되지 않는다. 프랑스의 철학자 피에르 상소는 그의 수상집 《느리게 산다는 것의 의미》의 긴 서문의 끝에 "나만의 리듬에 맞추어, 아니 더 정확하게 말하면 내 팔자에 맞게 운명 지워진 리듬에 맞추어 조용히 나의 길을 갈 수 있도록 나를 가만히 내버려 달라"고 썼다. 다분히 남 때문에 자기 시간이 빼앗기고 남 때문에 바쁘게 사는 것처럼 들린다. 나는 바쁘게 산다는 것은 남 때문이 아니라 모두가 자기 스스로가 그렇게 만든 것이라고 생각한다.

그런데 사실 느리다는 것은 게으르다는 것으로 오해받을 수도 있다. 더욱이 오늘날과 같은 기계문명이 모든 가치를 지배하는 산업사회에서는 느림은 결코 미덕이 될 수 없다. 아직도 기억에 생생한 명화 《25시》에 나오는 요한 모리츠(앤서니 퀸 역)를 보라. 그는 착하고 예쁜 아내 스잔나를 탐낸 헌병의 거짓 고발로 유태인이란 누명을 쓰고 독일 병영의 수용소로 끌려간다. 그리고 군수공장에서 컨베이어 벨트에 실려오는 물건을 옮기는 작업장에 배치된다. 잠시의 여유도 없이 작업하던 중 잠깐 두고 온 아내를 생각하다가 물건을 놓친다. 순간 독일 병사의 구둣발이 사정없이 날아온다. 솔제니친의 《이반 데니소비치의 하루》에 나오는 슈호프도 마찬가지다. 그는 반체제에 가담했다는 이유로 강제 수용소에 수감된다. 영하 25℃를 오르내리는 혹한 속에서 새벽 5시에 울리는 기상신호에 어김없이 일어나야 한다. 거기서 느림은 바로 영창에 들어가든가 죽도록 얻어맞는 것 외에는 아무 것도 아니다. 거기에는 느림이란 있을 수 없다. 느림이란 바로 죄악이지 아름다움이 될 수 없다.

한번 생각해 보자. 자동차나 가전제품의 조립라인에 서 있는 사람이 잠시 느림을 부리면 어떻게 되겠는가? 거기에는 빠르고 정확하게 자기가 맞추어 넣어야 할 부속품을 차질 없이 끼워 넣는 것만이 최선이다.

우리가 느림을 생각하고 느리게 살겠다고 생각하는 것은 어떻게 보면

하나의 사치인지도 모른다. 그런데 이 사치는 버릴 수 없는 사치다. 왜냐하면 진정한 느림의 가치는 빠른 것이 있은 다음에 오는 것이기 때문이다. 운동선수를 보면 알 수 있다. 노련한 배드민턴 선수는 빠르고 느리게 완급을 잘 조절한다. 그러나 서툰 사람은 그렇지 못하다. 인생살이도 마찬가지다. 우리가 인생을 느리게 산다는 것은 그만큼 삶에 대하여 노력하고 힘써 애쓴 다음에 찾아오는 노련함과 여유를 의미한다.

> 머리를 끄덕이며 늘 졸고 있네
> 조는 일 외에 별 일이 없어
> 조는 일 외에 별 일이 없으니
> 머리를 끄덕이며 늘 졸고 있네.

　내가 좋아하는 경허鏡虛 선사의 시다. 할 일이 없어 양지바른 쪽 마루에 무릎을 끌어안고 꾸벅꾸벅 조는 여유가 아름답다. 내가 느리게 살아야겠다고 생각하지만 내 성격상 그렇게 하기 어렵다는 것을 내가 더 잘 안다. 그러나 노력해야겠다. 그 느림이 더욱 아름답도록 느림 앞의 삶 또한 놓치지 않도록 해야겠다.

고 지 식 의 　미 덕

고지식 그 순진성

　　　　　　　　　요즈음 항간에는 TV연속극 '허준'과 소설 '가시고기', 일본영화 '철도원鐵道員'이 잔잔한 반향을 일으키고 있다. 이들 세 가지는 그 내용면에서 완전히 다른 장르이다. 그런데 무엇 때문에 이들 셋이 다같이 여러 사람의 심금을 울리게 하였을까? 동의보감의 '허준'은 그 훌륭한 의술에도 물론 탄복하지만, 그 어떤 경우에도 의원으로서 자기 본분을 다하려고 하는 의지가 더욱 돋보였기 때문일 것이다.

　　소설 '가시고기'에 나오는 가시고기는 실제 바닷 물고기로 암놈이 산란을 해놓고 가버리면 수놈이 그 알이 부화

될 때까지 지키고 보호하는 역할을 하는 고기이다. 여기서 가시고기는 아버지를 가리킨다. 오늘날 아버지의 위치가 흔들리고 그 존재가치마저 희미해져 가는 마당에 꿋꿋이 자기 일을 지키고 있는 상징적 의미로서 아버지의 존재를 다시 생각하게 하는 내용이다.

수 백만 명의 관객에게 눈물을 흘리게 했던 '철도원'은 주인공 오토 씨가 열차의 화부火夫에서 출발하여 초라한 시골 역 호로마이 역장으로 승진되는 동안 아내와 딸을 잃은 가운데서도 손님이 없어 그 역이 폐쇄될 때까지 오직 철도원으로서의 역할을 다한다는 내용이다. 동료 역원인 센이 이웃에 생긴 휴양지에 새로 일자리를 얻어가면서 같이 가자고 해도 그는 거절한다. 오토 씨는 성공을 위해서 또는 출세를 위해서라는 개념조차 없다. 오직 자기에게 주어진 일만 충실히 했을 뿐이다.

여기에 나는 하나의 이야기를 덧붙이고자 한다. 내가 20여 년 전에 학위논문 관계로 일본 후쿠오카에 갔을 때의 일이다. 시간을 내어 여행사에 가서 아소산阿蘇山까지 하루 관광코스를 예약했다. 이튿날 시간에 맞추어 하카다역 앞에 있는 출발지에 도착하니 버스가 기다리고 있었다. 버스에 올라타니 아무도 없었다. 혹시 내가 잘못 탄 것이 아

닌가, 사람이 적다고 가지 않는 것은 아닐까 하는 생각에서 불안하기 시작하였다. 그런데 출발 시간이 임박해서 한 사람이 더 타서 승객이 두 사람이 되었다. 이어 운전사와 30대 후반의 주부로 보이는 안내원이 타고 정시에 출발하였다. 시내에 들어서자 안내원이 마이크로 길가의 건물과 유적지에 대하여 설명을 하기 시작하였다. 약 30분이 지나도 계속 이어졌다. 나는 속으로 손님도 없는데 너무 고생한다 싶어 그만두라고 했다. 내 뒤에 앉은 일본 손님도 동의하였다. 그런데 그녀는 이것은 내 임무인데 손님이 그러시면 중요한 것만 설명하겠다고 하였다. 활화산인 아소산까지는 약 5시간이 걸렸는데 2시간은 설명했을 것이다. 성의를 다해서 설명하는 그 진지한 안내양의 모습을 나는 아직도 잊을 수가 없다.

앞의 세 가지 내용이나 내가 경험한 안내원 이야기에서 상징되는 공통점은 모두 자기 임무에 충실하다는 것이다. 한 국가와 사회가 발전하기 위해서는 각자가 맡은 자기 일에 고지식하게 충실할 때만이 가능한 것이다. '고지식하다'는 말의 사전적 뜻은 '성질이 곧아 융통성이 없음'을 의미한다. 그러나 '고지식하다'는 진실하다는 말과 동의어라고 해도 좋을 것이다.

고 지 식 의   미 덕

오늘날 미국의 발전을 다양성과 합리성이라 말
한다면, 독일은 근면과 정확성이라 할 수 있다. 반
면 일본은 정직성과 장인정신이라고 할 수 있다.
우리 나라는 예부터 청렴한 선비정신 그리고 은
근과 끈기를 미덕으로 삼아왔다. 그런데 그 모
든 것이 사라지고 이제는 부패 그리고 경박과 과
격만이 판을 치고 있다. 지금은 다른 사람이 이루어 놓은
어떤 성공에도 정당한 가치 부여를 거부하고 있다. 그리고
아이러니컬하게도 정치가나 재벌들 아니 조그만 기업가까
지도 그 성공의 정당성을 고집할 사람이 그리 많지 않다.
왜 그럴까? 아마도 그것은 순수하고 정당하게 임무를 다하
면서 자기 힘으로 이룬 것이 아니기 때문일 것이다.

철도원 오토 씨는 말한다.

"나는 고지식하고 융통성이 없어서 철도밖에 모른다.
그 외에 다른 것은 아무 것도 할 줄 아는 것이 없다. 그래
서 아버지처럼 철도원이 되었다."

그는 아이가 없어서 3대째 철도원이 되지 못한 것을 너
무나 아쉬워했다. 나는 여기서 '…밖에 모른다' 는 이 말에
충격을 받았다. 우리는 '…도 모르면서' 다 아는 것 처럼
행동하고, '…하나도' 가르치지 않고서 모든 것을 알게 하

려고 하는 부모가 얼마나 많은가. 우리 모두 좀 고지식하게 살자. 그래서 '…밖에 모르기'는 하지만 자기가 하는 그 일은 누구에게도 지지 않을 자신이 있다는 소리를 듣자. 나는 새삼 고지식하다는 소리를 듣고 싶다.

산山을 내려오며

지난 여름 백담사百潭寺에서 조출한 국제학술 모임이 있었다. 나는 갈 형편이 못 되었으나 참가하는 회원수가 너무 적다는 소릴 듣고 얼굴이라도 내미는 것이 도리라 생각되어 바쁘다는 아내까지 부추겨 함께 갔다. 백담사는 생각보다 깊은 골짜기에 위치해 있었고 내설악의 계곡 물은 맑고 차가웠으며 숲은 짙고 공기는 맑고 상쾌하였다.

백담사는 만해 한용운韓龍雲 님이 계시던 곳이라 그런지 경내에는 산을 주제로 한 시비詩碑가 여럿 서 있었다. 그 가운데 세 줄로 된 고은高銀의 시가 눈길을 끌었다.

내려갈 때 보았네
올라갈 때 못 본
그 꽃

처음에 생각 없이 읽을 때는 뭐 이것도 시가 될 수 있을까 싶을 정도의 짧은 시였지만 읽고 다시 읽고, 또 다시 읽으며 생각하면 할수록 그 시사하는 바 의미가 크다는 것을 느꼈다.

우리는 젊을 때 자기의 목표를 향하여 인생의 가파른 길을 올라간다. 그때는 삶의 무게 때문에도 그렇고, 또 진정한 삶의 가치가 무엇인지 몰라서 주위에 널려 있는 아름다운 꽃들을 보지 못하고 지나친다. 나도 예외는 아니었다. 여러 가지 의미로 보아 나는 이제 산 정상에서 내려와도 한참 내려온 처지다. 그러나 아직 올라갈 때 못 본 그 꽃을 내려오면서도 보지 못하고 있다. 그 이유는 내려오면서도 자질구레한 일들에 신경을 쓰고, 쓸데없는 것에 정신을 팔며 내려오니 그 꽃이 눈에 보일 리 만무하다.

이번 모임에서도 그랬다.

"길이 멀어 일부러 가려고 해도 어려운 백담사까지 모처럼 갔는데 그 짧은 2박 3일 간을 자연과 더불어 느긋이

인생을 관조하고 자기 내면을 들여다보는 데 다 써도 모자 랄 시간일 텐데 무엇이 급하여 마지막 날의 일정을 단축하 고 빨리 가도록 하자고 몇 번이나 회의 진행자에게 졸라대 었으며, 집으로 오는 길에 저녁 식사를 하기 위하여 들어 가야 할 길을 운전기사가 깜빡하여 지나쳐 고속도로에서 급 정차 한 버스가 다시 들어가려고 후진을 할 때 인솔자 가 다 있는데 왜 내가 후진하면 안 된다고 야단을 쳤으며, 휴게소에서 저녁을 먹으려고 할 때 어느 회원이 나가서 먹 자고 제안했을 때 왜 내가 나서서 그럴 필요가 없다고 한 마디로 딱 잘라서 말할 필요가 있었느냐.”

이상은 집에 도착하여 아내와 백담사에 갔다 온 얘기를 하는 가운데 고은의 시가 좋더라 하였더니, 당신은 그 시 만 좋아했지 그 꽃은 아직 볼 수 없을 것 같다면서 아내가 나에게 한 말이다. 그리고는 당신은 이제 산을 내려오는 처지인데 유유히 걸으며 주위에 있는 아름다운 꽃만 볼 생 각을 해야지 왜 자꾸 발에 밟히는 작은 돌에만 신경을 쓰 느냐고 하였다. 나는 좀 무안하고 억울한 생각도 들었지만 듣고 보니 그렇긴 그렇다. 틀린 말이 하나도 없다. 사실 나 도 그런 생각을 조금은 하고 있었기 때문에 쉬이 동감을 하였다.

나는 가끔 혼자서 팔공산 갓바위에 오른다. 갈 때마다 차는 어디에 두어야 하고, 올라갈 때 앉아서 쉬는 것은 꼭 한번이라야 하고, 그 장소도 정하여져 있다. 산 정상까지 걸리는 시간이 얼마이며, 내려올 때의 시간도 대략 정하여 져 있어서 왕복에 소요되는 시간은 거의 일정하다. 이 스 케줄은 10여 년 전부터 지켜 오던 것이다. 나이가 훨씬 많 아진 지금도 그것을 지키려고 노력한다. 간혹 종전보다 시 간이 좀 더 걸리면 '내가 벌써 그렇게 되었나! 아니 아직까 지 그 시간에 충분히 갔다 올 수 있어' 하며 억지로라도 그 시간대에 도착하도록 애를 쓴다.

이렇게 오래 전에 정한 시간대에 맞추려고 안간힘을 쓰 는 것은 내가 아직 옛날과 같다는 것을 확인하고 그것에 위안을 삼고자 하는 어찌 보면 슬프고 처절한 자기 내면과 의 갈등에서 온 소산이다. 그런데 전에는 좀 여유있게 내 려오면서 올라가는 사람과 인사도 하고 어린아이가 올라 오면 아이고 귀엽구나, 장하다, 대단하다 하는 칭찬도 하 여 주었다. 이제는 그런 여유는 간 데 없고 내가 스 스로 묶어 둔 시간에 쫓기어 아무 생각 없이 철책 난간을 붙잡고 내려오는 데만 급급하여 허겁지 겁 내려온다.

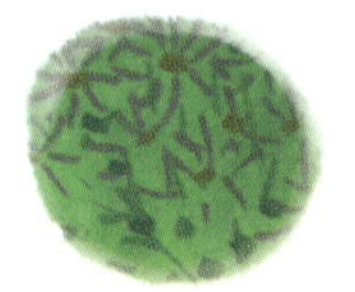

한번 생각해 보라. 이 얼마나 어리석은 짓인가를. 내가 만든 올가미에 내 스스로 들어가 버린 셈이니 말이다. 그러니 꽃은 고사하고 여름의 무성한 나무들, 골짜기의 맑은 물에 손 한번 씻어 보지 못하였고, 가을의 단풍은 말할 것도 없고, 발 앞에서 뒹구는 낙엽을 보고도 겨울이 온 줄 모르는 산행이 되어 버린 것이다.

나는 성격이 급해서 일을 미루지 못하고, 어떤 자극이 오면 즉시 반응한다. 때로는 순간적인 판단으로 튀어나오는 격한 말 때문에 가끔 너무 지나칠 때가 있다는 것을 잘 아는지라 그 잘못을 더하지 않도록 늘 경계하면서 살아왔다.

그래서 이번에도 아내의 충고라 할까 나무람이라 할까, 하여튼 나에게 한 말에 한편으론 수긍을 하면서도 나도 할 말이 있다. 구태여 변명이라 해도 좋다. 그것은 나도 산을 내려오는 길에 꽃을 볼 줄 모르는 것이 아니라는 것이다. 어쩌면 나는 남보다 더 많은 꽃을 보려고 애쓰고, 또 남보다 더 많은 꽃을 본다는 자부심을 가지고 있다. 한 가지 흠이라면 꽃과 꽃 아닌 것의 구별을 직감적으로 한다는 것이다. 그것이 사람인 경우에는 꽃이 아니라고 판단되면 대단히 냉정해진다.

이런 나의 생각이 다분히 주관적이지만 지금까지의 경험으로 보면 거의 정확하였다는 것이 내 판단이다. 그리고 또 하나는 나는 산을 내려오면서 꽃만 볼 생각을 않는다는 것이다. 길에 떨어진 쓰레기를 주워 주머니에 넣어 오려고 노력한다. 이번 일도 그렇다. 회의진행은 효율적으로 해야 하며, 교통 질서를 지키고, 밥 한 끼 먹는 것을 너무 번거롭게 하지 말자는 뜻이었다. 이와 같은 부스러기 줍는 일이 주위에서 보기에는 나이 먹은 사람의 주책이나 간섭으로 보일 수도 있다. 아내는 이제 그런 일에 신경 쓰지 말기를 바란다.

산은 오를 때보다 내려올 때 더 위험하다고 하지 않는가. 그렇다고 내려가는 길에 너무 돌부리를 조심하여 앞만 보면 주위의 아름다움을 볼 수 없다. 올라갈 때 못 본 '그 꽃'은 꼭 꽃만을 의미하지 않는다. 자기의 허물, 후회되는 일들, 더 사랑하지 못한 아쉬움, 아름다운 추억, 우정, 고마운 은혜 이 모든 것이 하나의 꽃일 수 있다.

나는 이제라도 맑은 마음으로 하산 길에서 아름다운 꽃을 보도록 해야겠다. 그리고 나도 남에게 한 송이 꽃으로 보일 수 있었으면 얼마나 좋을까!

전정剪定을 하면서

사과나무를 정원수로는 잘 심지 않으나 우리 집의 좁은 뜰에는 두어 그루 심어져 있다. 그간 아끼던 대추나무가 병에 걸려 죽었기 때문에 대신 심은 것이다. 사과나무는 봄에 연분홍 꽃과 가을에 붉게 익은 과실만으로도 관상의 가치가 있지만 내가 일부러 사과나무를 심은 뜻은 다른 데 있다. 우리 집은 오래 전부터 고향에 사과밭을 경영하였고 지금도 노목이지만 남아 있어 얼마간 수입도 있다.

한때는 사과나무 한 그루가 논 한 마지기(200평)와 맞먹을 정도로 소위 황금나무였다. 내가 그럭저럭 대학을 졸업

하고 대학원까지 다닐 수 있었던 것은 사과밭이 있었기 때문이다. 결혼 후 어려운 살림에도 큰 도움이 되었지만, 무엇보다 과수원이 있다는 것만으로도 우선 마음이 든든하였다. 그리고 사과나무는 늘 나의 후견인 비슷하여 가까이 있으면 넉넉한 마음이 드는 것이다. 그래서 옛 향수를 달랠 겸 해서 심어 놓은 것이다.

오늘은 그 사과나무의 전정을 하려고 나왔다. 낙엽이 진 후 가지만 남은 나무 줄기를 전정 가위를 들고 막상 자르려고 하니 어느 것을 잘라야 할지 망설여졌다. 일반 관상수의 전정은 모양만 예쁘게 다듬으면 된다. 그러나 과수는 그렇지 않다. 열매를 달기 위해서는 먼저 꽃눈이 어디에 생기는지를 알아야 한다. 과수의 꽃눈은 나무의 종류에 따라 맺히는 위치가 다르기 때문이다. 예를 들면 포도와 감나무는 그해 돋아난 새 가지에서 피고, 복숭아와 살구나무는 2년생 가지, 사과와 배나무는 2년 묵은 가지가 3년째 되었을 때 그 가지에 꽃눈이 생기는 것이다. 전정을 어떻게 하느냐에 따라 훗날 꽃눈 수가 결정된다. 한번 전정을 잘못하면 그해 과실이 열리지 않는 것은 말할 것도 없고 몇 년간 영향을 미치게 된다. 그래서 전정을 할 때는 매년 적당한 꽃눈이 나올 수 있도록 해야 하고, 가지에서 나온 모든 잎이 햇볕을 잘 받을 수 있도록 배려해야 한다.

전정하는 사람은 자기가 자른 가지에서 새로운 가지가 어떻게 뻗어나올 지를 빈 공간에서 상상할 수 있어야 하고, 매년 어느 정도의 과실이 열릴 것을 잘 가늠할 수 있어야 한다. 나도 이런 이론을 조금은 알지만 실제로 가지를 자르려니 망설여지는 것이다. 그리고 전정 전문가가 되려면 직감적으로 가지를 쳐도 나중에 가지의 배치와 꽃눈 수가 나무에 부담을 주지 않게 잘 조화를 이룰 수 있어야 한다. 나무 전정에 대한 이런 원리들은 교육과 같다는 생각이 언뜻 스쳐 지나갔다. 한편 그동안 내가 나무의 성질을 잘 모르면서 함부로 전정 가위를 사용하지 않았는가 하는 생각도 들었다.

나는 지금 대학에서 교육을 하는 처지다. 한번 잘못한 가위질이 사과나무를 버려 놓듯이 학생들의 품성을 파악하지 못하고 그 알량한 이론으로만 학생들을 가르치려고 하지 않았는가 하는 의문이 들기 시작하였다. 단순한 과학적 지식 전달은 그것만 잘하면 그만이다. 그러나 지식의 응용에 있어서는 우선 눈에 보이지 않는 수많은 꽃눈을 생각해야 한다. 그 꽃눈들은 하나하나가 가능성인 동시에 또 다른 부작용이 될 수 있기 때문이다. 이런 어려운 전정을 하려면 그 식물의 생태적 특성을 잘 알아야 하고 그보다 더 중요한 것은 마음을 비워야 한다.

옛날부터 사과나무 전정은 주인이 하지 않는다. 자기 밭 사과나무를 전정하면 항상 많은 수확을 얻기 위하여 꽃눈을 많이 남겨두기 때문에 과실이 많이 달려서 나무가 허약해지고 과실도 크지 않는다. 이것이 계속되면 사과나무는 망가지게 된다. 이것은 마치 자기 자식이나 동생들의 공부를 직접 가르치지 못하는 이유와 같다. 자기 생각처럼 따라오지 못하면 욕심이 앞서서 소리를 지르고 손이 먼저 올라가기 때문이다. 교육에 있어서처럼 객관적이 되기는 참으로 어렵다.

사과나무는 그냥 두면 적당히 크고 자기 힘에 알맞게 과실이 열린다. 그래서 자기 수명대로 산다. 그러나 이 전정은 사과나무의 본성을 교묘하게 이용하여 보다 많은 과실이 열리게 하여 이익을 얻으려는 데 목적이 있다. 1960년도에 소설 《대지大地》의 작가 펄벅 여사가 경주 관광을 위하여 대구선 기차를 타고 청천과 하양을 지나게 되었다. 그 당시만 해도 철길 양 옆으로 사과밭이 연이어 있었다. 그때가 마침 늦가을이라 사과가 익어 붉게 물들어 정말 보기가 좋았다. 너무 많은 사과가 달려있어 가지가 부러질 지경이어서 가지마다 받침대를 세워두어도 가지가 힘겹게 처져 있었다. 당시 수행하던 어느 기자가 자랑삼아 저것이 사과나무인데 아름답지 않은가 하고 물었다. 그때 펄벅 여사의 대답이 "너무 잔인하다"는 한마디뿐이었다.

나는 분재를 그렇게 좋아하지 않는다. 분재를 보면 인간의 잔인성을 보는 것 같아서이다. 언젠가 아내가 누구의 선물이라면서 매화나무와 소나무 분재를 가져왔다. 아주 작은 화분에 심어져 있고 철사를 감아 비틀고 가지를 잘라 완전히 반 죽음을 하여 놓았다. 한 1년쯤 키우다가 도저히 더 이상 살릴 자신이 없어 모두 뽑아서 철사를 풀고 정원 한 편에 심었더니 그해 바로 내 키만큼 자랐다. 몇 년이 지난 지금 제법 정원수 구실을 하고 있으며, 매화나무에서는 상당량의 매실도 수확할 수 있게 되었다.

나는 지금까지 살아오면서 소소한 잘못이야 많겠지만 크게 후회되는 일은 많지 않다고 생각하나 우리 집 아이들에 대해서는 늘 자괴감自愧感을 느낀다. 어린아이들의 천성을 모르고 내 위주로만 생각하고 내 생각대로 되어주기를 바랐던 것이다. 이미 대학 때 루소의 《참회록》을 밑줄

그어 가며 읽었으면서도 말이다.

우리 나라 교육은 교육자가 망쳤다는 말이 있다. 교육 행정을 맡은 책임자들은 아직 완전히 자기 것이 되지 않은 외국 이론으로 겁없이 교육을 전정하였기 때문이다. 그 전정 방법이 잘못되었는 지도 알기 전에 또 새 사람이 자기 식견대로 가위질을 한다. 그와 같은 되풀이를 지금까지 하고 있으니 그곳에 온전히 꽃눈이 생길 리 없고 옳은 열음이 있을 수 없다.

나는 전정 가위를 들고 이리저리 망설이다가 다시 방으로 들어오고 말았다.

고 지 식 의   미 덕

송하기 送夏記

오늘은 휴일이다. 늘 하는 버릇대로 침대에 거꾸로 누워 창으로 들어오는 빛을 빌려 조간신문을 읽고 있는데 밖에서 "수련이 피었네" 하는 아내의 소리가 들렸다. 나가 보니 아주 연한 황색의 꽃봉오리가 입을 반쯤 벌리고 있었다. 이 수련은 2년 전에 집에서 쓰던 조그만 돌절구에 심은 것이다. 그릇이 크지 않으니 꽃도 작고 매년 겨우 한두 송이만 돋아난다. 수련은 꽃도 예쁘지만 돌돌 말린 자주색 어린 연잎이 매일 조금씩 풀리면서 윤기를 내며 물 위에 떠 있는 것을 보면 신선한 생명의 실존을 느끼게 한다. 이 수련이 피면 이제 우리 집에 여름이 온 것을 안다. 사실 이제까지 우리 집에 여름을 알리는 전령은 감꽃과 참나리였다.

감꽃은 이 집에 이사오고 난 후 우연히 마당 한쪽 길 옆에 자란 감나무에서 핀 것이다. 처음에는 고욤나무인 것 같아 좋은 감 품종으로 접을 붙일까 생각 하다가 고욤도 가을에 잘 익으면 맛도 좋고 모양도 특성이 있으니 그것은 그것대로 좋다싶어 그대로 두었다. 그런데 나중에 열린 과실을 보니 감은 작고 씨는 크고 많을 뿐만 아니라 맛도 없어 먹을 수 없는 돌감이었다. 그러니 과실을 보고는 키울 가치가 전혀 없는데 매년 꽃은 굉장하게 피었다. 이 감꽃은 낮에 피었다가 밤에 떨어지는데 아침에 출근하려고 나가면 길에 노랗게 쌓여 있다. 그것을 밟으면 바삭바삭 소리가 난다. 그 소리를 들으면 어떤 쾌감 같은 것을 느낀다. 그래서 나는 그 감꽃 밟기를 좋아해서 내가 출근하기 전에는 쓸지 말도록 했다. 이 감꽃이 한창이면 '5월을 지나 곧 6월이 되는구나, 그러면 여름이 되겠지' 하는 생각을 하게 된다.

참나리 역시 창 앞 베란다에 흙을 넣어 선 룸(sun-room) 비슷하게 간이로 만든 두어 평 되는 공간에 지피地皮 식물로 애란을 심었는데 그 사이에 어떻게 씨가 떨어졌는지 참나리 한 포기가 돋아 올라왔다. 이제 그것이 여러

포기로 불어났는데 이 나리는 봄 내내 자라서 그 줄기 끝에 여러 개의 꽃을 맺기 시작하여 그 꽃망울이 고추 모양으로 길게 자라면서 꽃이 분홍색으로 서서히 물들기 시작한다. 그리고는 오랜 시간이 지나서야 꽃 전체가 붉게 되면 비로소 꽃이 터져 꽃잎이 갈라지고 특유의 긴 암술과 수술이 모습을 드러낸다. 밖으로 말린 꽃잎의 안쪽에는 그간 꽃을 피우기 위하여 애쓴 인고의 흔적인 듯 수많은 검은 반점이 물들어 있다. 그러나 한편으론 성공적으로 꽃 피우는 임무를 완수했다는 훈장으로 엽액葉腋 사이에 흑진주빛 구슬을 달고 있다. 이때쯤이면 어느덧 한여름이 되어 있다.

이제 우리 집은 감꽃이 여름이 온다는 신호를 하면, 수련이 초여름을 알리고 참나리가 한여름을, 그리고 현관 앞에서 매끈한 줄기에 도톰하고 윤기 흐르는 작은 잎을 달고 고매한 자태로 서 있는 배롱나무(백일홍)에 붉은 꽃이 만발하면 여름이 끝나감을 알게 된다. 나는 마루에 앉아서 꽃이 피고 질 때까지의 긴 과정을 감상하는 즐거움도 있지만, 일부러 느리거나 서두름 없이 때에 맞추어 꽃이 피기까지 참을 줄 아는 이들로부터 인내와 기다림의 아름다움을 배운다. 또 나는 이 꽃들을 보고 여름을 가늠하고 이들과 함께 여름을 보낸다. 그래서 나도 한 포기 
풀과 한 그루의 나무가 되어 가을을 맞는다.

그런데 이번 여름에는 특별한 큰 환희를 맛보았다. 몇
년 전 내 개인적인 행사 때 큰 소철 한 화분을 선물로 받았
다. 너무 커서 집에 두기가 거북해서 내 연구실 옆에 붙어
있는 공동 실험실에 가져다 두었는데 겨울을 지나고 나니
잎이 조금씩 변색되더니 급기야 잎이 모두 말라죽었다. 그
원인이 화분을 난방용 라디에이터에 너무 가까이 붙여 놓
아서 그 열 때문이라는 것을 나중에 알았다. 그러나 누구
를 탓할 처지도 못 되어 서운함을 무릅쓰고 그냥 버릴까
하다가 소철 특유의 두꺼운 껍질 때문에 혹시나 하는 생각
에 죽은 잎을 모두 잘라내고 물을 흠뻑 주어 현관 한쪽에
두었다. 그후 매일 들여다보았으나 한 달이 지나도 잎이
돋아날 기미가 없었다. 그리고 얼마나 지났을까. 거의 포
기를 하고 있다가 여름 방학이 가까워 오는 어느 날 출근
길에 이상한 예감이 들어 한번 들여다보았다. 그런데 이게
웬일인가! 소철의 꼭지에서 고사리 잎 같은 오글오글한 새
순이 여럿이 올라오고 있지 않은가. 아! 그때 그 감동, 그
환희, 마치 잃었던 아이를 찾은 기분이었다.

나는 그 살아난 소철에 고마움을 표시하였다. 너 살았

구나. 장하다. 내 잘못했다. 정말 미안하다. 그 뜨거운 데서 너를 고생시켜서. 이렇게 속으로 되뇌이면서 큰소리로 연구실의 모든 식구들을 불러내어 이 신선한 모습을 보게 하였다. 소철 잎이 누렇게 말라갈 때 내가 너무 안타까워 하는 것을 본 그들은 그 소철을 죽게 한 것이 자기들의 잘못임을 알고 있었으므로 무거운 죄책감을 느끼고 있었는데 그것이 한꺼번에 해소 되었으니 나보다 더 반가워하였다. 모두들 "야!"라고 환호를 하며 소철의 재생을 축하하였다. 나는 겨우내 그 뜨거운 열을 견디며 버티어낸 소철에 대하여 신비로움보다 그 강인한 생명력에 대하여 어떤 외경심畏敬心을 갖게 되었다. 이번 여름은 그렇게 보냈다.

우연히 연구실 바로 앞에 있는 연못을 내다보니 여름에 그 무성하던 연잎은 어느덧 서서히 탈색이 되고 벌써 연잎 줄기가 꺾여 어지러이 쓰러져 있다. 구태여 울타리 밑에 국화가 피어 있는 것을 보지 않아도 이미 가을이 창 앞에 와 있음을 알 수 있다. 그러면 이어서 곧 겨울이 올 것이다. 여름의 무성함은 뽐낼 일도 못 되지만 가을의 조락凋落을 슬퍼할 일만도 아니다. '만일 겨울이 온다면, 봄 또한 멀지 않다' 하지 않았는가.

나는 이 여름을 보내고 또 다른 한여름을 기다린다.

고 지 식 의   미 덕

약초와 잡초

약 초 와 잡 초
차 등 差等 이 평 등 平等
팔 방 미 인
4 월 을 보 내 면 서
월 드 컵 유 감 有感
간 디 와 세 아 들
간 디 의 친 영 親英

약초와 잡초

하루 중 내가 가장 즐겨 하는 시간은 점심을 먹고 약 한 시간 정도 휴게실에서 여럿이 모여 차 한잔씩 마시며 이런 저런 세상사에 대하여 환담을 나누는 때다. 휴게실에 자주 나오는 동료교수 몇 사람은 일부러 도시를 벗어나서 고향도 아닌 시골에서 생활하고 있다. 그들은 모두 조그만 텃밭을 가꾸고 있는데 이구동성으로 잡초 때문에 농사를 지을 수 없다는 것이다. 콩은 4년째 실패를 했고, 300여 포기를 이식한 배추는 일주일 후에 가보니 두 포기만 남았고, 20여 포기를 사다가 심은 토마토는 잡초에 묻히고 병에 걸려 몽땅 죽었다는 것이다. 그 가운데 잡초는 정말로 지독해서 아무리 뽑고 뽑아도 돌아서면 또 돋아나서 이제 완전히 손을 들었다는 이야기를 들으면서 나는 웃음을 참지 못하였다. 그들은 모두 철저한 유기농법을 주창하는 사람들이라 농약을 쓸 리 없다. 그러니 토요일 오후나 일요일에 한번씩 나가는 밭에 풀이 우거지는 것은 당연하고 따라서 수확을 기대하기는 어렵다.

식물은 약 4억 년 전에 육지에 나타난 것으로 보고 있는데 그것이 분화와 진화를 거쳐 현재 약 30여 만 종이 있는 것으로 알고 있다. 우리 나라에도 약 3만 3천여 종이 있고 이중 약초로 분류된 것은 약 900여 종이다. 이 종 밑에는 아종, 변종, 계통, 품종이 있으니 그 종류는 아무도 모른다. 이 종種이란 개념을 길게 설명할 수 없으니 한 예로 우리가 재배하는 벼(학명 : *Oryza sativa*)는 사티바가 종명種名이다. 이 종 안에 약 8만여 계통이 있고, 그 계통에 또 수많은 품종이 있으니 식물계植物界의 다양함을 짐작할 수 있다.

이 식물(plant)이란 단어의 어원은 그리스어로 보스케인(*boskein*)인데 '먹이다, 양육하다(to feed)' 라는 말에서 온 것이다. 그러니 식물植物은 우리말의 식물(食物, food)과 통한다. 식물은 산소를 공급하고 식품과 연료, 목재, 섬유, 종

이, 향료, 약제를 제공한다. 또 식물이 자라는 정원과 자연은 우리의 정서를 순화시킨다. 무엇보다 모든 동물은 일차적으로 이 식물에 의존해서 살고 있다. 이 식물들은 각각 독특한 성분과 기능을 갖고 있으며 그 나름대로 다 존재의 이유가 있다.

인류가 식물을 약으로 사용한 기록은 기원전 수천 년 전부터이다. 이집트의 피라미드를 쌓을 때 노동자들의 질병 예방과 강장제로써 양파와 마늘을 먹인 양이 상형문자로 기록되어 있다. 중국은 기원전 4,500여 년 전에 이미 식물을 약용으로 사용하였다. 우리 나라의 동의보감에도 뿌리, 줄기, 열매, 잎 등 약 630여 종의 식물약제가 기록되어 있다. 요즈음은 분석 기술이 발달되어 날로 새로운 유효성분이 식물로부터 발견되니 어제의 잡초가 내일은 약초가 된다. 그러니 우리가 몰라서 그렇지 어느 식물 하나 약초 아닌 것이 없다.

내가 여기서 장황하게 식물에 대하여 이야기하는 것은 사실은 다른 이야기를 하고자 함이다. 최근 사회 일각에서 특히 최고 권력층에 있는 사람이 그 구성원 가운데 뜻이 좀 다르다든가 말을 듣지 않는 사람을 잡초라 하여 뽑아버려야 한다고 공공연히 말하는 것을 보고 아연실색하지 않을 수 없다.

잡초라는 말을 들으면 또 생각나는 것이 많다. 우선, 나 자신은 내가 속하는 집단에서 잡초인지 약초인지를 모르겠다는 것이다. 물론 나는 약초이기를 바란다. 그것도 아주 약효가 높은 약초이기를 바란다. 다음으로, 과연 사람이 사람을 약초와 잡초로 구별할 수 있는가 하는 것이다. 그리고 그 구별의 주체는 누구이며, 가치기준은 무엇인가 하는 것이다.

콩밭에 돋아난 바랭이를 보고 콩이 너는 잡초이니 꺼져라고 해 보라. 바랭이가 웃기지 마라고 할 것이다. 인간의 기준으로 보면 논에는 벼 이외에 자라는 풀은 다 잡초이고, 과원에서는 과수 이외는 모두가 잡초다. 잔디밭에 난 클로버는 잡초이지만 클로버를 사료작물로 재배하는 클로버 밭에 난 잔디는 아주 몹쓸 잡초가 된다.

나는 어느 날 우리 집의 조그만 잔디밭을 정리하면서 여러 포기의 제비꽃이 피어 있었으나 모두 뽑아 버렸다. 그 후 이를 본 아내가 놀라면서 그 보랏빛 꽃이 얼마나 고운데 그것을 없애 버렸느냐고 나를 나무랐다. 내 대답은 잔디밭에는 잔디 이외는 모두 잡초 아닌가 하였다.

　한 집에 사는 부부 간에도 잡초에 대한 생각이 이렇게 다르지만 식물들이 모여 사는 들이나 산에서는 잡초가 따로 없다. 그런데 인간이 자기 이익에 따라 이 식물들을 약초와 잡초로 구별하고 있다. 식물로서는 정말 억울하기 짝이 없는 노릇이다.

　인간 가운데 편 가르기를 좋아하는 부류들이 자기와 뜻이 다르거나 자기 이익에 도움이 되지 않는 사람을 잡초로 취급하여 제거해 버리려고 한다. 마치 잔디밭에 돋아난 민들레를 뽑아버리듯이. 그러면 인간 사회에서 그렇게 잡초로 생각되는 모든 것을 뽑아버리면 사회가 생각처럼 잘 이루어질 수 있겠는가? 모든 잡초를 없애고 약초라고 생각되는 자기들끼리만 잘 살 수 있을까?

　식물생태학자인 존 무어는 사막의 생태를 연구한 《씨에라에서 나의 첫 여름(My first summer in the Sierra)》이라는 책에 "내가 무엇에 대하여 그것의 본질을 이해하려고 하면 그것과 우주의 모든 것이 서로 연결되어 있다는 것을 알았다"라고 적고 있다.

이 지구상에 존재하는 모든 것은 어느 것 
하나 자기 스스로는 존재할 수 없다. 존 무
어는 "이것이 있음으로써 저것이 있고 저것이 있음으로써
이것이 있다"는 연기緣起를 보았고, "만물은 더불어 자란
다(萬物竝作)"는 이치를 발견하였던 것이다.

사람이 살다보면 때로는 어떤 사회나 집단에서 꼭 뽑
아버리고 싶은 잡초 같은 존재도 있다. 나도 모르게 나 자
신이 그런 존재였을지도 모르는 일이지만. 그런데 재미있
는 것은 흙담을 쌓을 때 흙에 돌을 박아 넣어야 담이 튼튼
하듯이 그런 것이 없었으면 좋을 듯한 잡초 같은 존재가
때로는 조직의 활성화를 가져오며 종종 자기를 돌이켜 보
게 하는 데 큰 약이 되는 경우가 많다. 좋은 것이 좋으니
그저 그렇게 살자는 것이 아니라 더불어 조화를 이루는
것이 더 중요하다는 것을 말하고자 함이다. 부작용 없는
약이 없듯이 약초에도 독이 들어 있고 또 약초도 약초끼
리만 모여 있으면 서로가 잡초처럼 생장生長을 방해한다.
이것이 세상의 이치다. 적당한 간격 그리고 그 사이에 다
른 무엇이 존재해도 인정할 줄 아는 그것이 조화를 이루
는 지혜이다.

버트런드 러셀은 그의 《행복론》에서 "중용中庸을 재미

없는 이론이라며 젊었을 때 조소와 분노로 배척했던 기억
이 있다. 그때 나는 영웅적인 극단주의를 찬양했기 때문이
다. 중략…. 중용은 흥미 없는 이론일지는 모르나 대부분
의 문제에 있어서 참된 이론인 것이다"라고 하였다. 그리
고는 "중용을 지키는 것에서 꼭 필요한 한 가지 문제는 노
력과 체념 사이의 균형에 대한 것이다"라고 덧붙였다. 잡
초를 뽑아버리려는 것은 체념의 편에 선 것이고, 노력은
균형으로 조화를 이루어 더불어 살자는 마음이다.

돌이켜 보면 어리석게도 그동안 나 자신이 약초라고
생각하고 행동함으로써 남으로부터 손가락질을 받은 적
이 얼마나 되며, 또 남을 잡초라고 생각하고 손가락질 한
적은 없는지, 그리고 더불어 살아가는데 인색한 것에 대
하여 뉘우치지 않을 수 없다. 나 역시 그저 한 포기 풀일
뿐인데….

약 초 와   잡 초

차등差等이 평등平等

지난해 늦가을 밀양 표충사 입구에 있는 어느 모텔에서 한 연구회 모임이 있어 참석하였다. 그 이튿날도 일정이 계속 되었으나 나는 또 다른 행사가 있어 아침 일찍 길을 나섰다. 차를 몰고 조금 나오니 그때 마침 아침 해가 돋기 시작하여 산의 높낮이에 따라서 골짜기의 명암이 너무나 극명하게 대조되어 한 폭의 수묵화를 보는 듯했다. 만일 산의 높이가 똑같거나 평야에서는 저런 음양의 조화를 감상할 수 없을 것이라고 생각하면서 길 오른쪽을 보니 그 시간에 벌써 나와 일을 하는 사람이 보였다. 언뜻 보아 70세는 넘어 보이는 노인 내외였다. 안 노인이 멍에를 걸어 앞에서 끌고, 바깥 노인은 뒤에서 쟁기를 몰며 밭의 골을 타고 있었다. 나는 그들을 지나치면서 '저 연세에 손자들 재롱을 보며 사셔도 귀찮다 할 나이인데 저렇게 힘든 일을 하시다니' 하는 생각이 들었다. 그러나 또 한편으로는 몸이 불편하여 누워 있는 것보다 내외가 같이 건강하여 저렇게 일을 할 수 있는 것도 감사할 일이다 싶으니 조금은 위안이 되었다. 그때 내 차 옆으로 고급 승용차가 불법으로 앞질러 갔다. 나는 그 긴 계곡을 벗어날 즈음 아침 햇살, 노인 부부, 승용차의 추월, 큰 길가에서 아침 첫 버스를 기다리는 사람들을 생각하면서 갑자기 평등이란 무엇인가 하는 생각이 들었다.

오늘날 우리 사회의 모든 갈등은 인간과 인간 사이에 존재하는 불평등에 대한 불만에서 비롯된다고 해도 과언이 아닐 것이다. 그러면 과연 인간이란 존재는 정말 본래 평등한 것인가? 만일 처음부터 불평등한 것이라면 그 불평등에 대한 불만은 성립될 수 없다.

나는 평소 인간은 본래 불평등한 존재라고 생각해 왔다. 그 불평등의 원인은 대체로 좋은 가문이나 부잣집의 자손으로 태어나는 것도 한 가지가 될 수 있다. 그렇지만 그것보다 인간의 지능, 건강, 성격, 용모 그리고 재능 등은

태어날 때부터 불평등한 것이다. 더 나아가 이 불평등은 인종, 국가, 태어나는 자연 환경도 포함될 수 있다. 그러므로 이것은 자기 의지와는 상관없이 아예 처음부터 불평등 속에서 살게 되는 것이다. 그러면 왜 상대의 높이를 인정하지 않으려 하고, 불평등에 대한 불만이 생기며, 왜 그것이 문제가 되는 것인가.

그 첫째 이유는 그것이 부흡이건 권력이건 간에 나보다 우월한 위치에 있는 사람이 그 자리를 정당하게 차지하지 않았을 때이다. 그 다음은 어떤 사람이 자기가 서 있는 위치를 잊고 그 높이 이상으로 무엇을 행사하려 할 때 불만이 생기는 것이다. 이런 것에 대하여 불만을 가지는 것은 당연하다. 사실 여기서 내가 우려하는 더 큰 문제는 자기의 위치나 능력을 생각하지 않고, 또 자기가 해야 할 일은 하지 않으면서 자기보다 나은 존재에 대하여 무조건적으로 불평등하다고 생각하는 데서 오는 불만이다.

'인간은 평등하다'고 하는 것은 우리 모두가 다 같이 인간이라고 하는 사실 그 자체뿐이다. 따라서 인간이 무엇을 하고자 할 때 모든 기회와 조건을 똑같이 주어야 한다는 것이지 그 결과도 같아야 한다는 것은 아니다.

어느 시골 초등학교 운동회 때의 일이다. 각 기별 졸업

생끼리 달리기 시합이 있었는데 어느
한 기期의 동기들이 우리 모두 친구
인데 누가 일등하면 무엇 하나 그
러니 똑같이 가자고 해서 모두 같이 결승선에 들어갔다.
그때 심판을 보던 선생님이 모두 실격시켜 버렸다. 왜 그
러느냐고 항의를 하니 그 선생님은 달리기는 사람에 따라
차이가 있는데 일부러 같이 들어오는 것은 잘 달리는 사람
이 일등 할 권리를 빼앗는 것이기 때문이라고 하였다. 출
발할 때는 같이 했지만 골인하는 것은 각자의 능력에 따라
순위가 정하여지는 것이 정당하다. 그리고 결승선에 들어
온 순위에 따라 상금이 달라지는 것도 당연하다. 따라서
그 사람의 능력에 따라 차등을 두어 거기에 합당한 대우를
하는 것이 평등의 원리다.

인간에게는 근기根機라는 것이 있다. 근기는 타고난 능
력이라고 할 수 있다. 사람마다 이 근기가 모두 다른 데 매
력이 있다. 역설적으로 인간이 불평등하다는 것이 얼마나
다행한 일인가! 한번 생각해 보라. 나 같은 음치가 있어 조
수미의 노래가 더욱 빛날 수 있다는 것은 불평등의 순리이
고, 드보르작의 교향곡 〈신세계 제2악장〉을 들으며 향수
에 젖어 다 같이 눈물을 흘릴 수 있는 것은 평등의 아름다

움이다. 설악산 대청봉도 소청봉·중청봉과 화채봉을 아래에 거느리고 있어 그 높이를 뽐낼 수 있고 설악의 아름다움을 자랑할 수 있는 것이다.

　세상의 이치는 정말로 묘하다. 이와 같은 불평등, 즉 차등의 아름다움을 이해할 때 거기에 진정한 평등의 가치를 알 수 있다. 불행은 불평과 불만의 그림자다. 불평 불만이 많은 사람 가운데 온전한 사람을 나는 아직 보지 못했다. 불평등에 대한 불만은 나보다 높은 데를 쳐다보는 데서 생기는 것이지 내 아래를 보면서 불만을 가지지는 않는다.

　우리 사회는 사다리와 같은 존재다. 사다리는 여러 개의 가로장(막대기)이 층을 이룸으로써 그 기능을 할 수 있다. 어느 한 군데 막대기가 빠져버리면 사다리는 더 오를 수 없다. 그러므로 사다리는 맨 아래의 가로장이나 맨 위의 가로장이나 위치에 관계없이 가로장 하나하나가 모두 평등한 가치를 지니고 있다. 또 사다리는 거꾸로 세우면 모든 가로장의 위치가 반대로 된다. 이 또한 차등이 평등으로 되는 원리이다.

　우리는 어느 위치에 있든 모두 한 개의 가로장 역할을 하고 있

약초와 잡초

다. 사다리의 모든 가로장들이 제 각각 역할을 잘못하여 부러지든가 빠져버리면 사람이 더 오를 수 없게 된다. 그러므로 그렇게 되지 않도록 자기 자리를 지키고 스스로 노력하고 돌아보는 지혜를 갖는 데서 우리가 바라는 건전하고 평등한 사회가 이루어질 수 있지 않을까. 나는 그렇게 믿는다.

팔방미인

한때 누구나 한 가지 일만 잘하면 원하는 대학에 들어갈 수 있고, 취직도 되고, 출세도 할 수 있다고 하여 모두들 그런 세상이 오는가 하고 기대하였다. 일부 다재다능한 사람은 몰라도 한 가지 일로 겨우 먹고 살아가는 대다수 사람들은 크게 환영하는 눈치였다. 그러나 이러한 일인일기一人一技에 대한 꿈은 지난 월드컵 경기에서 한국팀이 좋은 성적을 내게 된 것은 히딩크 감독이 선수를 수비와 공격을 다 할 수 있는 멀티플레이어로 훈련시켰기 때문이라는 논평이 나오기 시작하면서 쑥 들어가 버렸다. 그뿐만 아니라 엉뚱하고 희한한 방향으로 돌아갔다. 한 가지 업무라도 전문가가 되어야 한다던 많은 회사들은 오히려 사원들에게 모두 멀티플레이어가 되어야 한다고 하였다. 기획과 광고, 영업과 개발 등 어느 분야를 맡겨도 다 잘할 수 있어야 유능한 사원이라고 하면서 그런 프로그램을 만들어 다시 교육시키겠다고 야단들이었다. 우리의 냄비 근성의 한 단면을 보는 듯했다.

멀티플레이어(multiplayer)는 그대로 풀이하면 여러 가지 일을 잘할 수 있는 사람, 즉 팔방미인八方美人을 뜻한다. 한 사람이 여러 가지 일을 동시에 잘할 수 있으면 얼마나 좋은가! 악기도 잘 다루며, 운동도 잘하는 데다 문학에도 소질이 있고, 과학에도 조예가 깊고, 더욱 좁혀서 피아노도 잘 치고 바이올린도 잘 켠다면 얼마나 좋을까. 또 다른 한 예로 어떤 모임에 가 보면 얼굴도 잘생겼는데 사회도 잘 보고, 노래도 잘 부르며, 유머도 재치 있게 하고, 사람의 이름도 곧잘 외워서 금방 친밀하게 되는 사람이 있다. 이런 경우 그는 그 모임의 인기를 독차지하게 되고 모두가 그 재능을 부러워한다. 부부가 같이 간 경우 자기 남편의 무능을 한번 생각케 하기도 한다.

우리의 평범한 삶에는 이런 팔방미인이 사회 생활에 윤기를 내고 조직을 활성화시키는 데 일정한 기여를 한다. 그리고 조직을 운영해보면 분명 뛰어난 능력을 가진 사람이 있다. 그는 어떤 일을 맡겨도 안심이 될 정도로 잘 처리한다. 그런데 이런 사람을 유능한 인재라고는 할 수 있을지 몰라도 우리는 현자賢者라거나 창조자라고는 하지 않는다.

내가 여기서 말하고 싶은 것은 그 팔방미인이 우리 인류 문화의 발전에 크게 기여한 것이 있는가 하는 것이다. 나는 한마디로 별로 없다고 단호히 말할 수 있다. 그렇다고 아흔 아홉 명의 평범한 사람이나 팔방미인은 별 볼일 없다는 것은 절대 아니다. 다만 오늘날 세계문명사에서 인류를 위한 빛나는 업적들은 팔방미인들에 의해서가 아니라 모두 앞뒤를 잴 줄 모르고 오직 한 가지 일밖에 모르는 외곬들에 의해서 이룩된 것임을 강조하고 싶어서 하는 말이다. 그 분야가 무엇이든 세계 제일이 되기 위해서, 또 새로운 가치관과 창조적 업적을 낳기 위해서는 자기가 하는 일을 즐겨, 그 일에 미친 사람들에 의해서만 이루어질 수 있다. 이것을 좁게 보면 장인匠人 정신이라고 할 수 있다.

장인 정신은 어느 한 분야의 전문가를 만들어낸다. 진정한 전문가는 자기 일을 성취하는 데 만족하지 그 과실을 따먹는 데 목적을 두지 않는다. 장인 정신의 발달은 개인

의 장인 기질에 대한 그 사회에서 인정되는 가치관의 차이에서 온다. 아무리 하찮은 직업이라도 그 분야에서는 자기가 최고라는 자부심을 가지는 사람이 되어야 하고, 또 그 사회가 그것을 존중하고 인정할 줄 아는 보편적 정서가 널리 퍼져 있어야 한다.

장자에 어느 포정庖丁 이야기가 나온다. 그는 한번 간 칼로 19년 동안 수천 마리의 소를 잡았는데도 칼이 조금도 무디어지지 않아 어떻게 그럴 수 있느냐고 물으니 처음 소를 잡을 때는 눈으로 보고 살과 뼈를 갈라내었으나 이제는 눈을 감아도 소가 훤히 보여 칼만 대면 저절로 갈라진다고 하였다. 포정이 말하길 "이것은 오직 소 잡는 일에 정신을 집중하다 보니 이제 도道에 이르렀기 때문"이라고 하였다.

우리가 살다보면 너무나 할 일도 많고 유혹도 많다. 로버트 프로스트의 시 〈걸어보지 못한 길〉에는 이런 내용이 담겨 있다. 이른 아침 산책길에서 숲 속에 모두가 가보고 싶은 여러 갈래의 길이 나 있음을 보았으나 한꺼번에 다 걸을 수 없어 다른 길에 대한 아쉬움을 남겨두고 그 중 한 길만 걸었다는 것이다. 그는 그 시의 끝에 '두 갈래 길이 숲 속에 나 있었다. 그래서 나는 사람이

덜 밟은 길을 택했고, 그것이 내 운명을 바꾸어 놓았다' 라
고 쓰고 있다.

　우리는 내가 좋아서 또는 어쩔 수 없이 들어선 자기의
길을 걷고 있다. 그것이 어느 길이든 그 길을 계속 가면 그
길의 끝을 볼 수 있다. 그러기 위해서는 수행자처럼 자기
가 가고자 하는 길을 묵묵히 걸어야 한다. 수행자는 게으
르지 말며, 남의 칭찬이나 비방에도 흔들리지 말며, 그 어
떤 유혹에도 이끌리지 말며, 오직 자기가 진리라고 믿는
길을 따라 걸어야만 한다고 《수타니파타》에 적혀 있다. 그
래서 뒷사람에게 그 길의 끝이 어디며, 어떤 길과 연결되
어 있다고 알려 줄 수 있어야 한다. 이와 같은 사람을 우리
는 개척자, 선구자, 창조자라고 부른다. 나는 팔방미인보
다 외곬을 사랑한다. 그러나 나는 재능 부족과 노력을 덜
한 탓에 아직 내가 택한 길의 초입에서 서성거리고 있지만
40여 년 한 길을 걸어보니 이제는 이 길이 결코 쉽지 않다
는 것, 그것만은 알 수 있다.

4월을 보내면서

　　　　　　　　　　　　　요즈음은 정말 심란하
다. 여중생 사망에 따른 촛불시위, 반미와 반전운동, 파병
의 찬반논쟁, 그리고 개혁이라는 명분 앞에 잦아 들어가는
여러 다른 목소리들을 보면서 도대체 어느 것이 진정한 가
치의 중심이 되는지 분간이 서지 않는다. 좀 나이든 사람
들이 말하는 것은 으레 보수적이고 반 개혁적이며 통일에
방해되는 존재로 치부해 버리기 일쑤인 오늘날의 세태 앞
에서 나도 한때 3일간 단식까지 하며 부정에 항거하던 시
절을 생각하면 때로는 울분이 앞선다.
　　초등학교 입학하던 해에 해방이 되어 풀죽어 귀국하는

일인 교사의 뒷모습을 보았고, 6학년 때 6·25를 만나 인민군장교의 연설도 들어보았고, 머리 위로 날아가는 포탄 소리를 듣고 어디쯤 떨어질 것이라는 것을 짐작할 만큼 전쟁에 익숙하였다. 또 산하에 쓰러진 피아彼我의 시체도 보았고, 국군의 용감한 진격도 목격하였으며, 미군과도 같이 지냈다.

요사이 하도 미군에 대한 논란이 많고 학생과의 대화 시간에 말할 수 없을 정도로 인식의 괴리도 느꼈다. 패권주의나 강대국의 횡포에 대하여 분노하는 것은 당연하고 또 젊은이가 그런 비판 정신이 없으면 젊은이가 아니지 하는 생각도 들지만 한편으로는 그들이 자신의 내면이나 그 문화의 밑바닥을 들여다보지 못하고 있구나 하는 느낌을 받을 때도 있다. 아! 이 사람들이 어느 한쪽만 보고 말하는구나 하는 생각이 들어 그 옛날 내가 겪은 미군에 대한 인상을 적어 볼까 한다.

뭇 사람이 다니는 큰 길가에 있는 하천에서 한낮에 그들은 알몸으로 태연히 목욕을 하였고, 우리 마을에서 강 하나 건너편에 주둔하던 야전군 병사들이 토요일 저녁만 되면 떼거리로 몰려와서 색시 오케이, 색시 오케이 하며 여자를

찾는 통에 온 동네는 긴장과 공포에 휩싸이면서 우리는 그들을 야만인들이라고 하였다.

그런데 어느 날 오후 학교에서 축구를 하고 있는데 구령 소리가 높게 나더니 행군에 지친 군인들이 교정에 들어왔다. 국군 병사들이었다. 4열 종대로 질서 있게 걸어왔는데 갑자기 대열이 흩어지더니 우물 쪽으로 우르르 몰려가서는 서로 먼저 물을 먹으려고 하는 통에 순식간에 아수라장으로 변했다. 소대장의 고함과 호루라기 소리가 들린 뒤에야 조용해졌다. 조금 지나서 아마 같이 훈련과 행군을 한 듯한 미군 병사들이 들어왔다. 오열이 흐트러진 것은 말할 것도 없고 총을 제멋대로 메고 철모도 벗은 채 걸어오는 모습이 영락없는 패잔병 무리 같았다. 그런데 이들이 우물 가까이 가서는 저절로 한 줄로 서서 차례대로 물을 마시고 수통에 넣어 갔다. 상당한 시간이 걸렸는 데도 뒤에 선 병사는 그대로 기다리고 있었다.

나는 너무나 대조적인 장면이라 아직도 그때의 기억이 남아 있는데 이번 이라크 전쟁에서 제시카 린치 일병을 보고 또 한번 고개를 끄덕였다. 모두들 린치 일병의 구출만이 대단한 것으로 생각하고 있었다. 전쟁 포로가 탈출하든가 구출되는 것은 흔히 있는 일이다. 그것이 극적일 수는 있어도 대단한 일은 못 된다. 그러면 무엇이 나로 하여금 고개를 끄덕이게 했는가.

열 아홉의 어린 미모의 여학생이 왜 군에 입대하였는가 하는 것이다. 미국 정부가 마구잡이로 젊은이를 징병해서 일까? 그녀의 꿈은 학교 교사가 되는 것이다. 그러기 위해서는 사범대학에 들어가야 하는데 사범대는 입학 시험에 학과 성적이 아무리 좋아도 사회 봉사 점수가 낮으면 합격을 시키지 않는다. 교사는 남의 모범이 되는 것이 제일의 덕목이기 때문이다. 그래서 린치 양은 가장 높은 봉사 점수를 얻기 위하여 죽음이 기다리는 전쟁터의 병사로 자원 입대한 것이다. 자! 여기서 우리는 나 자신과 주위를 한번 돌아볼 필요가 있다. 과연 우리는 어떤가를 말이다.

미국의 힘을 포탄의 위력만으로 평가하는 것은 큰 오산이다. 그들의 힘은 그들대로의 가치관에 의하여 비롯된다. 그들의 힘의 뿌리는 사회 정의에 대한 뚜렷한 가치 인식과 공공에 대한 국민 개인의 희생 정신에서 나온다는 사실을 알아야 한다.

내가 여기서 새삼스럽게 옛일을 회상해 내고 이라크 전쟁을 들먹이는 것은 반전이나 반미 운동을 반대하거나 무엇을 옹호하기 위해서가 아니다. 더구나 우리 민족성을 비하하거나 아니면 민족을 운운하면서 애국자연 하자는 것은 더욱 아니다. 나는 그럴 사상적·이론적 체계를 내세울 수 있는 지식도 없고 위인도 못 된다. 다만 젊은이들의 꿈과 낭만 그리고 미래를 설계할 수 있는 지혜가 영글어야 할 대학 교정이 늘 격렬한 구호가 쓰인 플래카드가 나붙고 길거리에서 구호를 외쳐야 하는 현실이 안타까워서 젊은이들에게 한마디만 하고 싶어서이다. 그것은 자기의 힘을 기르고 냉철한 자기 성찰을 하자는 것이다.

인류의 역사에 있어 정의正義는 늘 힘 있는 자의 편에 섰고, 그들에 의해서 정의定義 되어 왔다. 정의도 힘 없는 자를 외면한다. 지금 우리에게 진정으로 필요한 것은 힘이다. 우리가 힘이 없으면 언제나 삼전도三田渡의 굴욕을 당해야 하고, 병탄倂呑 문서에 서명을 해야 하며, 우리의 운명이 좌우되는 국제회의에서도 늘 들러리만 서야 한다.

추운 길거리에서 촛불을 들고 시위하는 젊은이들은 정말로 용기 있고 장하다. 그러나 더욱 중요한 것은 한 시간 시위를 했으면 열 시간을 더 공부해야 한다는 것이다. 그래서 힘과 실력을 길러야 한다. 특히 과학은 더욱 그렇다. 오늘날 과학은 하루가 옛날 1년과 맞먹는 속도로 발전하고 있다. 과학이 뒤

떨어지면 모든 것이 허사이다. 아무리 칼 잘 쓰는 무사라 해도 짧은 권총 앞에서는 어쩔 수 없다. 이라크의 무슬림이 아무리 '신의 뜻대로'를 외쳐도 힘 없는 알라신은 대답이 없다. 감성感性은 늘 이성理性에게 지고 만다.

40여 년 전 그날의 4월은 화창하였다. 경북대에서 걸어서 온 데모대는 동인 로터리에서 착검을 한 군인들과 맞섰다. 그들의 칼끝이 턱에 와 닿았는 데도 자유와 정의를 외치던 그때와 오늘의 현실이 오버랩 되면서 나는 착잡한 심정을 가눌 길 없다. 그때는 그래도 국민 정서는 일치했으나 지금은 완전 콩가루 집안 같은 사회 갈등이 걱정스럽다. 이것은 북핵보다 더 무섭다. 마음 약한 나는 두렵다. 그 두려움을 감추고 감히 다시 말한다.

'젊은이 여러분! 힘을 길러야 한다'고. 이 푸른 4월 하늘 아래서 청소년 여러분들은 지금 어디서 무슨 생각을 하고, 무엇을 하고 있는지 묻고 싶다. 궁금하다.

월드컵 유감有感

아직도 열광하는 군중의 함성이 귓전에 들리는 듯한데 벌써 월드컵이 끝난 지가 1년이 되었다. 이제 거의 잊혀졌다고 생각했는데 요즈음 다시 그때 환호하는 장면을 연속해서 방영하는 것을 보면서 당시 느꼈던 소회所懷의 일단을 적어볼까 한다.

사실 나는 잘할 줄 아는 운동이 별로 없고 운동 경기의 중계 방송을 즐겨보지도 않는다. 그것은 내가 운동 신경이 둔하여 운동을 못하는 것도 한 원인이 되겠지만 그보다 나는 성격상 운동 시합을 보면 내가 응원하는 팀이 질까봐 노심초사하는 버릇이 있어서 신경을 너무 쓰기 싫은 것도 하나의 이유이고, 또 하나는 내가 보면 내가 응원하는 팀이 진다는 징크스를 오랜 경험으로 알고 있기 때문에 경기를 안 보고 나중에 승패만 확인하고 이겼으면 재방송을 보고 즐긴다. 이러니 이번 월드컵도 '안 보는 것이 좋겠다'라는 결론을 미리 내리고 있었다.

그런데 온 국민이 흥분하고 몇 백만 명이 거리에 나와 응원하는 광경을 TV뉴스로 보고는 도저히 그냥 있을 수 없었다. 마치 바닷가의 도요새가 무리를 따라 일제히 날듯이, 아프리카 초원의 누우떼가 어느 한 마리가 달리면 영문도 모르고 덩달아 달리듯이 나도 어느새 그 열광하는 군중 속에 빠져들었다.

하루는 그 군중은 과연 누구들이며 그 열기가 어떤지를 보기 위하여 집에서 멀지 않은 범어네거리로 슬슬 걸어 나갔다. 이미 길은 메워졌으나 아직도 사방에서 삼삼오오 모여들고 있었다. 가만히 살펴보니 대부분이 어린아이들 또는 초·중·고생을 데리고 온 가족들이었다. 그들은 앉을 돗자리며 물병, 간식들을 들고 가는 행색이 마치 응원보다는 소풍가는 기분으로 나오는 것 같았다. 하여튼 그들은 자리를 잡고 나서 열심히 응원하고 '대~한민국'을 목청껏 외쳤다. 정말 질서가 정연하였고, 말다툼이나 조그만

불상사도 없었다. 경기가 끝났을 때는 앉았던 자리를 모두 잘 치우고 일어섰다. 누가 보아도 훌륭한 국민이라고 자랑할 만했다.

그런데 그들은 헤어져서 큰길에서 한적한 골목길로 접어들면서부터 완전히 다른 사람으로 변했다. 보온병에 남은 커피는 길바닥에 쏟아버리고 들고 온 패트 물병, 신문지 심지어 응원용 깃발까지 풀숲에 던져 버리든가 혹은 가로수 밑에 버려 두고 가버렸다. 자동차는 신호를 아예 무시하고 달렸고, 아이의 손을 잡은 어른들은 횡단보도를 무시한 채 도로를 건너고 있었다. 학생 차림의 젊은이들은 차마 듣기에도 민망한 욕설 섞인 말들을 하며 지나갔다. 이들이 조금 전 범어네거리에 앉아 있었던 그들인가가 도무지 믿기지 않았다.

나는 속으로 '아직 멀었다. 우리가 문화 민족이라고 자부하기는 좀더 시간이 필요하다' 고 생각했다. 이 혼란과 무질서를 보고 나는 월드컵 경기에서 4강에 든 것을 후회하는 마음도 들었다. 그저 16강 정도에 들고 말았으면 마음이 편했을 텐데. 마치 늘 하위 성적에 있던 어느 학생이 어떻게 한번 운 좋게 시험을 잘 보아서 진보상을 받고 어색해 하는 그런 기분이었다. 그런데 어째서 그 많은 사람

들이 그렇게 모였고, 또 열광했을까 하
는 생각이 들었다.

　나는 문득 소련 작가 안톤 체호
프의 3쪽 반짜리 단편소설 《환희》에 나오는 주인공 미챠
드미트리 쿨다로프가 생각났다. 자정이 넘어 모든 식구가
잠자리에 든 늦은 시간에 돌아온 쿨다로프는 이방 저방 다
니면서 "정말 믿어지지가 않아요. 너무너무 기뻐서 말이
에요. 아마 지금쯤 온 러시아가 다들 알게 되었을 거예요.
온 러시아가 말입니다. 여태까지 십사등관十四等官인 드미
트리 쿨다로프란 사람이 세상에 살아있다는 것을 우리 식
구밖에 몰랐으나 이제 온 러시아가 다 알게 된 것이란 말
입니다. 어머니! 아! 주여! 아, 행복해! 이 기쁨"하고 미친
듯이 소리소리 지른다. 무슨 영문인지를 모른 집안 식구가
모두 깨어나서 무슨 좋은 일이냐고 물었다. "신문 좀 보세
요. 신문을. 아무리 하등 국민으로 살아도 말입니다"하면
서 신문을 내어 주었다. 그리고는 "여기를 좀 읽어 보세
요. 여기를 자세히 말입니다"하고 소리쳤다. 신문에는
"…십사등관 드미트리 쿨다로프는 말리야 브로아야 가街
코시힌 주점酒店을 나오던 중 술에 몹시 취해 비틀거리면
서 가다가 옆에 서 있던 마차의 말 밑에 쓰러졌는데 놀란

말이 마차를 끌며 쿨다로프를 마구 짓밟고 가는 바람에 쿨다로프는 머리 뒤통수를 크게 다쳤다…"라는 기사가 실려 있었다. "보셨지요. 내가 신문에 난 사실을. 이제 알았습니까? 지금쯤 내 이름이 러시아 방방곡곡에 퍼진 것을"하고 흥분했다. 그는 "옆집에도 보여주어야지"하면서 나간다. "애야! 이 밤중에 어딜 가니. 내일이라도 늦지 않다"라는 만류도 뿌리치고 "무슨 소릴 하십니까? 내가 신문에 났는데"하면서 소리 지르고 밖으로 뛰쳐나간다.

요즈음 우리 주위에는 위안 삼을 만한 즐거움이 없다. 날이면 날마다 짜증스럽고, 화나게 하는 일들만 쌓이고 있다. 어디 희망적인 소식은 아무 곳에도 보이지도 들리지도 않는다. 모두들 모이기만 하면 자조 섞인 말만 한다. 우리는 이제 더 위축될래야 될 수 없을 정도로 숨막힌 환경에서 살고 있다. 어디 한번 기분 좋은 일로 배꼽 잡고 뒹굴며 웃을 수 있는 일도 없고, 사람들이 모여 박장대소拍掌大笑하며 속 시원히 카타르시스 할 기회도 없다. 더구나 기분 좋은 일로 새 옷을 차려입고 나갈 일도 없다.

우리는 언제부턴가 쿨다로프처럼 한번 세상을 향하여 소리소리 지르며 나도 살아있다는 것을 알리고 싶었을 것이다. 그 기회가 이번 월드컵 대회였다. 예선에 떨어졌던지 아니면 16강 정도에서 끝났으면 그 우울한 찌꺼기는 그대로 남았을 것이다. 그런데 8강, 4강이라니 이때다 싶어 기다렸다는 듯이 모두 뛰어나와 "나도 살아있다. 자세히 보아라. 나도 살아있단 말이야. 그리고 사랑하는 아내도 있고 귀여운 자식들도 있는 것을 알려주고 싶단 말이야. 알았지. 내가 소리소리 지르는 것을 들었지. 그렇게 시시하게 보지 말란 말이야" 하고 외치는 듯하다.

내 생각에는 모두 이런 심정으로 모여든 것으로 보였다. 그것은 야외 스크린 가까이에 자리 잡은 일부 사람을 제외하고는 화면이 너무 멀어 지금 운동장에 어떤 일이 일어났는지 알 수 없기도 하지만 이미 스코어에는 관심이 없었다. 그저 와와 소리 지르고, 떠들고, 마시고, 깃발을 흔드는 데 만족하고 있었다. 아! 언제나 우리에게 가슴 짓누르는 불안과 갈등이라는 단어가 사라지고 화합과 희망이라는 말만이 남게 할 수 없을까. 언제부터인가 우리 모두는 자기도 미처 모르는 사이에 미챠 쿨다로프가 되어 있었다.

간디와 세 아들

간디는 13세 때 동갑내기인 카스투르바이 마칸지와 결혼하여 하릴랄, 마닐랄과 데바다스 등 아들 셋을 두었다. 위로 형제는 간디가 20세 전후인 어쩌면 철부지일 때 낳았다. 이 가운데 막내인 데바다스를 제외하고는 모두 아버지 간디의 속을 많이 썩였다. 막내인 람다스 데바다스를 출산할 때는 병원에 갈 시간이 없어 간디가 직접 아이를 받았다. 이 데바다스는 커서 간디가 여행이나 여러 행사에 참석할 때 수행원으로 따라 다녔다. 아힘사(비폭력)에 의한 불복종 운동에 앞장섰고 그 유명한 소금의 행진 때도 참가하였다.

둘째 마닐랄은 한때 골치 아픈 아들이었다. 간디가 영국 지배하에 있는 남아프리카에서 인도인 권익 보호를 위하여 사티아그라하(진리의 힘, 비폭력 저항) 운동을 한창 전개하고 있을 때 이 마닐랄이 어떤 유부녀와 불륜 관계를 맺었다. 이를 알게 된 간디는 이 사실을 세상에 널리 알려야겠다는 생각에서 금식을 단행하였고, 앞으로 어떤 결혼도 하지 못하도록 하겠다고 선언하였다. 그러나 부인의 간곡한 설득으로 마닐랄이 35세 때 결혼을 허락하였다. 그런데 마닐랄은 이슬람교도와 결혼하겠다고 해서 간디가 이를 극구 말렸다. 만일 그렇게 결혼하면 모든 인간 관계를 끊겠다고 하여 마닐랄은 하는 수 없이 아버지의 뜻을 따랐다. 그후 간디가 창간하여 그에게 맡긴 '인디언 오피니언'지의 운영 책임자로 역할을 잘 해냄으로써 남아프리카에 거주하는 인도인 재산 보호와 권익 신장에 크게 이바지하였다.

그런데 장남 하릴랄이 문제였다. 남아프리카에 있던 18세의 하릴랄은 한때 아버지의 강권에 못 이겨 반정부(영국) 투쟁에 가담한 적도 있었다. 그러나 아버지의 만류에도 불구하고 결혼을 위하여 인도로 돌아갔다. 이때 간디는 그의 형 락스미다스에게 편지로 "나는 그 아이와 의절義絕한 상태이니 그가 결혼하든 말든 자기와는 상관없다"고 알렸다. 이후부터 하릴랄은 계속 타락한 생활을 하였다. 술에 취해 돌아다니고 이상한 여자들과 함께 어울리며 아버지 명성을 이용해서 사업 자금을 모으기도 하였다. 이때 사기 당한 어떤 사람이 간디에게 "마하트마(간디에 대한 존칭)님에 대한 존경심 때문에 하릴랄의 권유로 투자를 했는데 떼이게 되었다"고 하소연하는 편지를 보내왔다.

간디는 자기가 발행하는 '영 인디아' 지에 그 편지에 대한 회답을 공개하였다.

"맞습니다. 나는 하릴랄 M. 간디의 아비 되는 사람입니다. 그 아이는 내 장남이고 지금 나이가 서른 여섯이 넘었고 네 자식의 아버지이고 등등…, 중략, 나는 그 아이의 여러 가지 결점에도 불구하고 그를 사랑합니다. 아버지의 가슴이라는 것은 아이가 안기고 싶어하는 즉시 받아들이게 마련입니다. 그러나 이분의 거래(투자)에서처럼 명사名士의 이름에 현혹되어 피해를 보는 사람들에게 경고가 되길 바라는 마음에서 이 글을 씁니다. 어떤 사람이 선善하다고 해서 그 자식까지 선하란 법이 없습니다."

간디는 하릴랄을 찾지 않았다. 그후에도 하릴랄은 변한

것이 없었고, 어머니 카스투르바이의 임종시에는 완전 폐
인이 되어 찾아왔다. 간디의 장례식 때에도 자신의 신분을
감추고 행렬의 뒤를 따랐을 뿐이다.

자식을 가진 사람은 자기 자식에 대하여 그 누구도 우
리집 아이는 절대 그렇지 않다고 장담을 할 수 없다. 또 자
식을 이기는 부모도 없다고 한다. 이것은 동서고금의 진리
다. 왜냐! 자식에 대한 부모의 사랑은 부모 자신의 자존심,
명예 그리고 부富, 그 모든 것에 앞서기 때문이다. 그러나
자식의 잘못에 대하여 부모가 솔직히 그 잘못을 고백하고
사죄할 수는 있다. 공자는 "아버지는 자식의 잘못을 덮어
주고, 자식은 부모의 허물을 감추는 것이 인간의 도리"라
고 하였다.

그래서 그런지 요즈음 전·현직 대통령을 비롯하여 많
은 공인公人의 아들들이 늘 말썽이 되고 있는 데도 어느 누
구도 "이번에 말썽을 일으킨 아무개는 저의 아들입니다.
맞습니다. 그놈이 이러이러한 잘못을 했습니다. 이 모두
가 아비인 나의 잘못입니다. 제발 용서해 주십시오. 앞으
로 그런 일이 다시 없도록 할 것을 이 아비가 다짐합니다"
하고 고백한다면 국민 모두의 가슴이 얼마나 후련하겠는
가. 그렇게 말하는 아버지가 있다면 모두가 박수를 보낼 것

이다. 그러나 이렇게 말을 하는 아버지가 없으니 부자유친이 너무 강해서인지 아니면 체면 때문인지 모르겠다. 이번에 김 대통령은 늦게나마 자식의 일에 대하여 말을 꺼내었다. 그런데 자기 자식의 문제를 남의 입을 빌려 말하는 것은 부모로서 도리도 아니고 국민에 대한 예의도 아니다. 참으로 안타깝다. 새삼 간디의 용기가 더욱 우러러 보인다.

간디의 친영親英

마하트마 간디는 이름 그대로 '위대한 영혼'이다. 그의 본명은 모한다스 카람찬드 간디이고 집안은 힌두의 카스트(Caste, 계급)로 바이샤, 즉 상인 계급에 속하였다. 끊임없는 자기 정화, 철저하게 절제된 생활, 굳은 신앙, 강인한 정신력과 자기 희생의 표본인 간디에 대하여 나로서는 더 훌륭한 찬사를 덧붙일 말이 없다. 나는 우리에게 알려진 그의 거룩하고 신비스럽기까지 한 비폭력 저항이나 불복종 운동보다 그 뒷전에 밀려난 간디의 이야기를 하면서 오늘날 우리의 현실을 돌아보고자 한다.

간디는 아버지 카람찬드의 네 번째 부인에서 난 1녀 3

약 초 와 잡 초

남 중 막내로 태어났다. 아버지는 인도의 작은 토후국土候國 가운데 하나인 포르반다르의 데완(총리)이었는데 할아버지 때부터 이어져 왔다. 비교적 유복한 간디는 18세 때 사말다스 대학 입학 시험에 겨우 붙었으나 재학 중에는 성적이 좋지 않았고, 부인을 둔 간디는 향수병에 걸려 학업을 포기하고 집으로 돌아왔다. 그러나 주위에서 공부를 계속해야 아버지를 이어 데완 자리에 오를 수 있는데 형제들 중 공부는 간디밖에 할 사람이 없으니 꼭 공부를 해야 한다고 하였다. 그러나 인도에서 공부해서는 행정서기도 될 수 없으니 영국에 가서 변호사 자격증을 따는 것이 출세에 훨씬 유리하다는 형과 간디 집안의 고문격인 마브지 다베의 강력한 권유로 영국으로 건너갔다.

영국 유학 시절 그는 독신인 것처럼 행동했고 새로 만난 서구 문명에 한껏 취했다. 고급 실크 모자를 쓰고 더블조끼에 최고급 넥타이를 매고 모닝코트를 입고 다녔다. 이때가 1889년 경인데 영국은 1600년부터 그 악명 높은 동인도 회사를 앞세워 인도 국민을 수탈하고 있었다. 그러나 그때까지도 간디는 영국에 대한 적대감이나 인도 독립에 대하여 진지하게 생각하지 않았다. 영국 이너템플 법학원에서 변호사 자격증을 따고 영국으로 건너간 지 3년 만에 인도로 돌아왔다. 그러나 인도 현지법에 대하여 아는 것이 없으므로 2년 간 아무 일거리도 얻지 못했다. 이때 시간제 교사로 취직하고자 했으나 정식 대학을 졸업하지 않았다는 이유로 거절당했다. 이러한 가운데 남아프리카에서 일어난 어떤 상사의 소송을 맡아 달라는 제의를 받고 그곳으로 가기 위하여 배를 탔다. 이미 영국 지배하에 있는 남아프리카는 혹독한 인종 차별 정책하에서 대부분 계약 노동자들인 인도인들이 받는 핍박은 이루 말할 수 없었다. 간디 자신도 유색인이면서 인도人道를 걸어간다는 이유로 구타 당하는 수모를 겪었다. 이런 현실을 목격하고 실제 경험한 간디는 영국에 대하여 인도인의 권익 보호와 인종 차별에 대한 투쟁에 나설 것을 결심한다.

그런데 이때 남아프리카에 들어와 살던 네덜란드 정착민들과 영국인 사이에 소위 보어 전쟁이 1899년에 발생하였는데 간디는 영국에 대한 충성심을 보여 주기 위하여 참전을 신청하였다. 그러나 인도인은 겁쟁이란 이유로 두 번이나 거절하다가 영국이 전쟁에 불리해지자 참전을 허용했다. 간디는 비 전투요원과 간호사로 이루어진 인도인

부대를 지휘하여 전쟁에 나가 큰 공을 세우고 훈장을 받았다. 간디의 참전 명분은 영국을 통해서만이 인도 독립이 가능하기 때문에 영국에 잘 보여야 한다는 것이 간디의 생각이었다. 그래서 영국의 빅토리아 여왕이 죽자 간디는 스스로 조문사절단을 이끌고 가서 진심으로 조의를 표하였다. 또 1906년 남아프리카 원주민인 줄루족이 영국인의 착취에 대항하여 폭동을 일으켰을 때 간디는 인도인으로 조직된 의무부대를 이끌고 영국군을 도왔다. 군 의무대장인 간디에게 영국 정부는 특무상사의 계급을 주었다. 간디는 "대영제국은 세계의 번영을 위하여 존재한다. 그러므로 인도인들은 영국편에 서서 싸우라"고 자신이 발행하는 주간지 '인디언 오피니언'을 통해서 선동했다.

1914년 제1차 세계대전이 발발했을 때 50만 명의 인도인 소집을 영국의회가 결의하자 모병 운동에 적극적으로 참여하겠다고 맹세하면서 징집 대리인으로 자처한 간디는 "자신과 함께 정부(영국)가 명령하는 어디라도 가자"고 열렬한 연설을 하고 다녔다. 모병 운동은 완전 실패하였지만 간디가 모병에 이렇게 적극적인 이유는 전체적으로 영국이 이익을 얻으면 그것이 인도인에게도 이익이 되어 독립에 도움이 될 수 있다고 믿었기 때문이었다. 간디는 나중에 반납하기는 했으나 그간의 대영제국에 대한 충성으로 세 개의 훈장을 받았다.

우리 나라의 3·1독립운동이 일어나던 해인 1919년 4월 13일 암리차르에서 영국 군대에 의한 대학살이 일어나기 전까지 간디는 영국인의 양심과 영국 정부의 호의를 믿어 영국 정부에 협력하였다. 그러나 영장 없이 인도인을 체포 구금할 수 있는 소위 롤래트법을 반대하는 집회에 참가한 군중에게 발포하여 2,000명에 가까운 사상자를 낸 암리차르 대학살 이후 간디는 영국에 협력하지 않았다.

간디가 남아프리카와 인도에서 이룩한 인도인 권익보호와 자치를 위한 피나는 노력을 감안하더라도 위에서 나열한 여러 가지 행적이나 언동으로만 따진다면 간디는 도저히 용서할 수 없는 친영주의자親英主義者이다. 그런데 아직까지 인도인들이 간디의 친영 행위에 대하여 말하는 사람을 보지 못했고, 그것 때문에 간디의 명예가 손상을 입었다는 소리를 듣지 못했다. 왜 그런가? 그것은 그 어떤 친영 행위보다 간디의 인도 국민을 사랑하는 순수성을 의심하지 않았기 때문이다.

여기서 나는 우리 나라에서 논의되는 친일親日에 대해 생각해 보지 않을 수 없다. 아직까지 이 문제가 깨끗이 정리되지 못한 것은 참으로 유감이다. 이런 시점에서 역사적 진실에 대하여 잘 모르는 나 같은 사람이 이야기를 꺼낸다는 것은 참으로 조심스럽고 두렵다. 때문에 나의 주장을 편다는 것이 아니라 한 소시민의 소박한 생각으로 보면 좋겠다.

얼마 전 신문에 어떤 단체에서 추가로 발표하였다는 친일파 명단을 보았다. 그 끝에 평소 훌륭한 불교학자로만 알고 있었던 권상노權相老란 이름도 있었다. 그동안 여러 번 수시로 정당 또는 비공식 단체나 개인이 누구누구는 친일파였다고 공개하여 왔다. 특히 선거 때가 되든가 어떤 정치적 문제가 불거지면 중구난방 식으로 불쑥불쑥 폭로한다. 여기에 문제가 있는 것이다.

최근에 거명된 어떤 특정인에 대하여서도 한번도 객관적 검증 없이 시간이 지나면 유야무야로 끝나고 말았다. 그러다가 또 어느 시기에 느닷없이 아무개는 친일파였다고 열을 올린다. 이러니 그 내용을 잘 모르는 국민들은 으레 하는 소리려니 하든지 또 때가 되었구나 하는 자조 섞인 소리만 한다. 이래서는 영원히 친일 문제는 해결될 수 없다.

친일 문제는 개인의 감정이나 어떤 집단의 이익, 또는

이데올로기적 가치관에 의하여 평가할 수 없
는 것이다. 이것이야말로 가장 이성적이고
객관적이며 민족사적으로 다루지 않으면
안 된다. 일제에 아부하는 몇 줄의 글, 대중

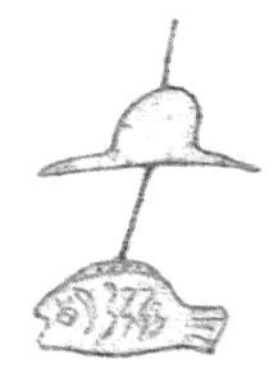

앞에서 한 몇 마디의 연설, 조그마한 치부나 권력을 얻기
위하여 한 몇 번의 비겁한 행위에 대하여 단지 그 자체만
으로 결론을 내리는 데는 나는 좀더 주저하고 싶다. 우리
가 어느 특정인을 친일자였다고 단정하려면 적어도 그 당
시 그 사람이 처했던 상황 인식과 그 삶의 전 생애에 대한
업적, 그리고 더 나아가 그 사람의 밑바닥에 깔려 있는 심
성心性까지도 읽어야 한다. 그래서 그 결과를 가지고 동의
를 얻어야 한다.

어떤 인물이 많은 사람들이 존경하고 우리 나라 사회와
문화에 큰 영향을 주었다면 그 잘못은 밝히되 그 업적도
충분히 평가할 필요가 있다고 본다. 그것을 저울에 달듯이
할 수도 없고 가치의 우선 순위를 무엇으로 할 것인가에
대하여도 딱 부러지게 말할 수는 없다. 이것은 누구도 장
담할 수 없다. 다만 국민의 공감대라는 것이 있다. 국민 대
부분이 객관적으로 동의하지 않으면 일단 보류하고 철저
히 그리고 신중히 다루는 것이 좋지 않은가 하는 생각이

들기 때문이다. 그래서 모호한 경우는 최선의 방법은 아니지만 한 예로 이 사람은 평생을 훌륭한 학자로 그 분야에 이러한 학문적 업적을 이루었으나 이와 같은 친일 행적을 한 사실도 있다고 하면 좋을 것이다. 이것이 춘추필법春秋筆法이다. 그 다음은 역사와 국민이 판단한다.

　나보고 당신 같은 생각을 가진 사람들 때문에 이제까지 친일파가 정리되지 못하고 오히려 큰소리 치고 있다고 나무라면 나는 그 말에도 수긍을 한다. 그러나 참고삼아 나는 여기서 《백범일지》에 나오는 김구 선생의 심정을 소개하고 싶다. 그가 평안도 안산 치하포에서 민간인으로 변복變服한 왜의 육군 중위 쓰지다(土田讓亮)를 맨손으로 때려 죽이고 칼로 난도질 한 후 어디에 사는 창수昌洙가 죽였다는 방을 써 붙이고 집으로 돌아갔다. 그 후 김구는 다른 죄목으로 붙잡혀 살인강도죄로 사형선고를 받았다. 탈옥 후 이름을 구龜로 바꾸어 피해 다니다가 왜 형사에게 또 다른 죄명으로 체포되어 17년 형을 언도 받는 동안 왜 형사는 전과前科를 자백 받기 위하여 이루 형언할 수 없는 고문을 하였다. 그러나 독하기로 소문난 고등계 형사들도 끝내 김구가 왜의 장교를 살

해한 김창수와 동일인이라는 사실을 몰랐다. 그 후 '구龜'를 다시 '구九'로 바꾼 김구가 망명하여 중국 상해에 도착한 후에야 왜 형사들은 김구가 바로 김창수라는 것을 알았다. 이것은 한인 형사들이 한국을 탈출한 김구가 상해에 무사히 당도하였다는 것을 알고 난 후 안심하고 왜 형사에게 짐짓 이제 안 것처럼 그 사실을 알려 주었기 때문이다. 백범이 상해에서 이 이야기를 듣고 일지逸志에 이렇게 쓰고 있다.

"아! 눈물나는 민족의식이여! 왜놈의 정탐 노릇은 하여도 속에는 애국심과 동포애를 감추고 있는 것이다. 이 정신이 족히 우리 민족으로 하여금 독립 국민의 행복을 누리게 할 것을 아니 믿고 어이하랴."

백범은 이에 앞서 고문을 당하면서도 자기가 왜병을 죽인 사실을 일본 형사가 모르는 것은 조선 형사들이 입을 다물고 있기 때문이라는 것을 이미 눈치 채고 몇 번이나 그들의 애국심에 기쁨을 나타낸 바 있다. 이에 더욱 독립 운동에 매진할 것을 다짐하였다. 부디 물에 물 타자는 이야기가 아니니 오해하시지 말기를. 여기서 구태여 고사를 들먹일 필요는 없다. 역사에 흠이 없는 사람이 과연 몇이나 되겠는가? 옥에 약간의 흠이 있다고 옥을 깨뜨려서야 되겠는가? 옥은 그대로 옥인 것이다. 우리는 역사를 너무 쉽게 잊고, 너무 쉽게 단정하고, 너무 쉽게 버리는 것은 아닌지? 인도는 무엇 때문에 간디를 버리지 않았을까. 아! 새삼 인도인의 지혜가 부럽다.

날마다 좋은 날

날 마 다 좋 은 날
아 버 지 수 련 기
새 아 기 의 전 화 를 받 고
호號 를 얻 고
아 톰 플 라 자
늦 은 대 답
우 정友情 에 대 하 여

날마다 좋은 날

오늘은 어제의 생각에서 비롯되었고
현재의 생각은 내일의 삶을 만들어 간다
삶은 이 마음이 만들어 내는 것이니
순수한 마음으로 말과 행동을 하게 되면
기쁨은 그를 따른다
그림자가 물체를 따르듯이   - 법구경

삶에 대한 인간의 지혜는 역사와 더불어 더욱 밝아지는
가! 이미 수천 년 전에 '너 자신을 알라' 고 했는 데도 자기
를 돌아보는 사람은 늘지 않았고, 인과因果의 법칙을 믿는
이는 적다. 자연의 법은 사정事情을 두지 않는다 했으나 자

기에게는 예외이기를 바란다. '이웃을 사랑하라'고 가르쳤으나 반목과 질시嫉視만이 더해 가는 오늘의 세태와 가치관의 혼돈을 보며 나는 회의를 갖지 않을 수 없다. 또 그 많은 행복론이나 참된 삶을 위한 잠언箴言들이 우리의 삶에 과연 무슨 도움이 되었는가!

삶의 진정한 뜻은 자기가 직접 체험하고 느껴야 알 수 있다. 옛 성인들이 한 훌륭한 말이나 좋은 글들은 다만 그들의 찌꺼기(糟粕)에 불과하다는 것을 윤편輪扁이라는 목수가 제齊 환공桓公에게 충고한 지가 이미 오래 되었다. 그러나 나는 최근 내가 겪은 조그마한 일들이 나에게 큰 감동으로 남아있어 가만히 생각하니 남이 한 말이나 글에서 나의 행복을 찾는다는 것 자체가 잘못이었구나 하는 것을 이제야 깨달았다. 나는 그 중 몇 가지만을 이야기 할까 한다.

얼마 전 한 모임에서 완행열차를 타고 야외에 놀러가기로 하였다. 그날은 토요일이라 손님이 꽤 많았다. 나는 겨우 자리를 잡고 내 맞은편을 보니 한 젊은 여인이 아이를 업고 큰 짐을 들고 서 있었다. 이미 통로에 사람이 차 있어서 아무도 그에게 관심을 줄 처지가 못 되었다. 그래서 자리를 양보하려 했으나 내가 나이가 들어 보여서 그런지 사양하였다. 그때 건너편을 보니 긴 의자에 내 나이와 비슷

한 어른 여럿이 좀 넓게 자리를 잡고 있어 나는 그쪽으로 가서 같이 앉기를 청했다. 충분히 자리를 확보한 뒤 그 여인을 불러 앉혔다. 그리고 내 자리에 와 앉아 있으니 왠지 기분이 좋았다. 그 여인은 웃음 없는 얼굴로 미안하고 고맙다는 눈빛만 보냈다.

그 다음 주에는 서울에 갈 일이 있어 역 개찰구 앞에 서서 조그만 문고판 책을 읽고 있는데 어린 소년이 나에게 다가와서 들릴 듯 말 듯한 낮은 소리로 "앞 지퍼가 열렸어요" 한다. 얼른 바지를 만져보니 지퍼를 잠그지 않았다. 나는 고맙다고 하면서 머리를 쓰다듬어 주었다. 그 아이는 옆 개찰구 앞에 서 있는 어머니인 듯한 여인 쪽으로 갔다. 그 여인이 아이에게 시킨 것이 분명하여 인사라도 하려고 바라보았으나 아마 내가 민망해할까 봐서 그런지 짐짓 고개를 돌려 다른 곳을 보고 있었다. 이윽고 개찰을 하여 플랫폼에 서 있는데 그 여인이 하행열차를 타기 위해 내 반대쪽에서 오고 있었다. 나는 일부러 눈을 마주쳐서 웃으며 고맙다는 눈인사를 하였다. 그 여인은 웃음을 머금고 목례로 답하고는 지나갔다. 아! 이 얼마나 고운 마음씨를 가진 여인인가! 그 가정에 길이 행복이 있으라! 그날은 하루 종일 즐거운 마음으로 여행하였다.

날 마 다 좋 은 날

하루는 출근하여 화장실에 갔더니 소변기 밑바닥에 벌레 한 마리가 기어다니고 있어 소변을 보면서 곧 죽겠구나 하는 생각만 하고 나왔다. 그 이튿날도 보니 아직 꾸물거리면서 기어다니기에 그놈 지독하구나 하는 생각에 건져서 버릴까 하다가 청소할 때 처리하겠지 하는 생각으로 그냥 두었다. 그런데 이틀이나 출장을 갔다 와 보니 그놈이 여태껏 살아 움직이고 있었다. 소변기 구조상 한번 들어가면 기어서 나올 수는 없다. 그런데 그 많은 사람이 사용하는 변기에서 어떻게 견디며 살아있었는가가 신기하고 궁금했다. 자세히 살펴보니 변기의 물이 쏟아지면 밑바닥 쪽에 있는 공간에 밀려들어가 버리면 보이지 않게 되어 있었다. 어쨌든 그 벌레의 생명력에 감탄하여 나는 그 놈을 손으로 집어 내어 놓아주었다. 더러움보다 지쳐서 기어가는 그 벌레를 보고 한 생명의 삶에 대한 본능이랄까 의지를 보게 되어 삶에 어떤 외경심 같은 느낌마저 들었다. 하찮은 미물도 저러할진대 인간으로서의 삶이야 새삼 할 말이 없다.

지난 주말에는 산행을 겸해서 은해사 중앙암에 갈 작정으로 이른 아침에 집을 나섰다. 절 돌담을 지나 등산로 초입에 들어서니 화려하게 등산복을 차려입은 남녀 여럿이 와자지껄 떠들면서 내 앞에 가고 있었다. 나는 혼자라서

갈 길을 가늠하면서 가는데 앞서 가던 등산객 중 한 사람이 갑자기 "뱀이다" 하면서 등산용 지팡이로 후려쳤다. 다행히 빗맞은 뱀은 놀라 흰 배를 한번 번득이더니 풀숲 속으로 사라졌다. 사라지는 뱀을 뒤쫓아가는 사람을 보고 내가 "여보세요. 그러지 마세요"하고 소릴 질렀다. 갑자기 뒤에서 큰소릴 지르니 멈칫하면서도 "이것은 독사요"하며 나를 돌아보았다. 나는 "독사면 독사지 당신하고 무슨 상관이오. 산에 왔으면 그냥 즐겁게 산행이나 하시지 그 무슨 행위요. 함부로 산 짐승을 죽이려고 하는 것은 산행을 즐기는 사람의 도리가 아니잖아요. 더구나 절 경내에서"하고 고함치듯 말했다. 그나마 착한 사람인 듯 아무 소리 안 하고 일행을 따라 가버렸다. 요즈음 세상에 겁없이 한 행동이었으나 한 생명을 구했다는 흐뭇한 마음으로 산행을 즐겼다.

이제까지 소개한 일화들은 어찌 보면 자질구레하고 정말 하찮은 일들이다. 또 우리 주위에서 늘상 있는 일들이다. 내가 여기서 이렇게 길게 늘어놓고, 또 그런 일들에 대하여 감격하고 기뻐하며 흐뭇해 하는 이유는 무엇인가?

어느 보름날 운문문언雲門文偃 선사가 제자들에게 물었다.

"내가 15일 이전의 일에 대해서 너희들에게 묻지 않겠는데, 15일 이후의 일에 대하여 한마디 해 보라."

한참 있어도 아무 대답이 없자, "그러면 내가 말해주지. 날마다 좋은 날이니라(日日是好日)".

우리의 삶에 어찌 날마다 좋은 날만 있을 수 있겠는가. 어느 집, 어느 누구를 막론하고 크고 작은 근심 걱정이 없는 사람은 없을 것이다. 우선 내 자신의 삶을 돌아보아도 '아, 참 좋은 날이다' '행복한 날이다' 라고 느낀 것이 몇 날이나 될까. 다만 그저 그렇게 덤덤하게 살아온 것뿐이다. 그런데 어찌 문언 선사는 15일 이전의 일은 묻지 않고 15일 이후는 '날마다 좋은 날이다' 라고 했을까?

우리는 과거를 되돌릴 수 없다. 되돌릴 수 없는 과거에 집착하는 것은 헛된 일이다. 또 그 과거를 묻는 것은 더욱 부질없는 짓이다. 그러나 미래는 어떤가. 내가 하기에 따라서, 또 내가 마음먹기에 따라서 얼마든지 좋은 날이 되도록 할 수 있는 것이다. 내가 받은 조그만 친절, 한 줄기의 새순, 한 송이의 꽃, 한 마리 벌레의 삶에도 새로운 가치와 의미를 부여하자. 그래서 나도 그들의 생명과 더불어 살아가는 것에 기쁨을 찾고 싶다. 그리

하여 그들이 날마다 한 송이 꽃으로, 흐뭇한 미소로, 가슴 뭉클한 감동으로, 감격의 눈물로, 때로는 가슴 벅찬 환희로 내게 다가오도록 하자.

나는 어느 날 갑자기 천금千金을 얻기를 바란 적도 없고 분에 넘치는 큰 명예를 꿈꾸어 본 적도 없다. 원래 재주가 없고 더욱이 강건하지 못한 체질 때문에 항상 절제하고 삼가는 것을 미덕으로 삼아왔다. 간혹 조급하고 격한 천성으로 인하여 그 균형을 잃어버린 때도 많았다. 나는 그때마다 스스로 반성하면서 잘못을 반복하지 않도록 애써 왔다. 그래서 나는 조심조심하면서 조금씩 조금씩 앞으로 앞으로 발을 내디디며 나아가는 삶을 살아왔다. 이제는 좀더 조심스러워져야겠다. 쓸데없는 것에 대한 집착과 아집 그리고 욕망으로 인하여 나의 이성理性과 감성感性의 눈이 어두워지지 않도록 해야겠다. 세상에서 아름다운 것만 볼 수 있도록 노력하다보면 날마다 좋은 날은 그 안에서 저절로 찾을 수 있을 것이기 때문에.

날 마 다 좋 은 날

아버지 수련기

초등학교 어느 학년 때 시험을 보았는데 평소보다 성적이 아주 좋지 않았다. 선생님은 성적순대로 프린트된 쪽지를 나누어 주시면서 학부모의 도장을 받아 오라고 하셨다. 내 이름은 중 하위에 있었다. 나는 이 쪽지를 아버지에게 보이면서 성적이 낮은 사람부터 적은 것이라고 거짓말을 하였다. 아버지는 "그래! 더 열심히 해라." 이 한마디뿐이셨다. 나는 속으로 '속였구나' 하는 생각이 스쳐 지나가다 '아닐 것이다. 아시면서 모른 척 하신 걸거야. 어느 선생님이 성적이 나쁜 사람을 제일 위에 적는 법이 있는가. 그것을 모르실 아버지가 아닌데. 그런데 그렇게 태연하실 수가 있는가. 아마 내 말을 믿어 주셨겠지' 하고 생각했다. 그로부터 반세기가 지난 지금까지 이런 궁금한 생각은 지속되고 있다. 하여튼 나와 아버지와의 첫 만남은 이런 거짓말로부터 시작되었다.

나의 기억으로 그 이후 나는 아버지에게 한번도 거짓말을 해본 적이 없다. 고등학교 시절 자취를 하였을 때 나에게 주신 용돈의 사용 내역을 다음 용돈을 받을 때까지 아버지에게 편지로 전부 알려드렸다. 극장 간 것, 술 마신 것, 기타 등등 일 원 한 장 거짓을 적어 본 적이 없다. 아버지는 그 편지를 주머니에 넣어 다니시면서 동네에 자랑하셨다는 이야기를 동생에게 들은 적이 있다. 이렇게 해서 자란 내가 어느덧 아버지가 되었다. 나는 훌륭한 아버지가 되고 싶었고, 또 나의 자식도 훌륭한 사람이 되어주기를 바랐다. 우선 자식들은 사회에 나가서 어려움을 의연히 견디어 나갈 수 있는 사람이 되어야 한다는 것이 나의 신조였다.

어느 날 우리 집 큰아이가 이가 흔들린다고 하였다. 이 갈이를 하는 것이다. 나는 속으로 미소를 지으면서 드디어 아버지가 할 역할이 찾아왔구나 생각했다. 나는 기다리지 못하고 약간 흔들리는 이를 실로 묶어 당기면서 빼려고 했

으나 안 되어 집게를 가져와서 생니를 빼려고 하니 그 아픔을 참지 못하고 아이가 도망갔다. 아내로부터 실컷 핀잔을 듣고 이 빼기를 그만두었다. 또 우리 집 이웃에 태권도 도장이 생겼다. 나는 아이들에게 모두 태권도 배울 것을 권유했다. 아니 강제로 등록시켰다. 튼튼한 신체에 건강한 정신이 깃든다면서. 그런데 들어간 지 얼마 안 있어 형에 이어서 둘째아이가 붉은 띠를 매고 와서 자랑을 했다. 나는 도장에 찾아갔다. "얼마 배우지도 않았는데 띠는 무슨 띠냐"고 관장을 나무랐다. 관장 대답이 기본형을 모두 익혔기 때문이란다. 그래서 아이들은 팔다리 힘을 길러야 하니 그것을 중점적으로 훈련시켜줄 것을 요구했다. 얼마 후 아이들이 도장에 갔다오면 완전 기진맥진한 상태였다. 공부는 말할 것도 없고 밥도 먹지 못했다. 알고 보니 관장이 반 고의적으로 너무 혹독하게 다루었던 것이다. 둘째 아이는 그때 건강을 해친 것이 상당히 오래 영향을 주었다. 또 부자간에 같이 목욕탕에 가면 정이 깊어진다고 자주 데리고 갔다. 아이들은 어른들보다 뜨거운 물을 좋아하지 않는다는 것을 모르고 나는 억지로 열탕 속에 들어가기를 강요하였다. 그러니 그후부터는 어떤 핑계를 대서라도 나하고 같이 목욕 가기를 피한다. 이런 식으로 모두 실패로 끝난 아버지 수련은 아직도 계속되고 있다.

나는 아버지 수련을 하면서 만난 한두 사람의 아버지 이야기를 하고자 한다. 내가 학교에 조그만 보직을 맡고 있을 때 학부모 한 분이 찾아왔다. 오신 연유를 알아봤더니 등록 기간이 언제냐고 물어 이미 끝났다고 하였다. 그랬더니 그만 얼굴색이 하얗게 변했다. 그래서 어찌된 사연인가를 묻지 않을 수 없었다. 본인은 읍 단위 시골의 중학교 교사인데 동료 교사들이 자기 아들이 다니는 대학에 등록금 안내 통지서가 왔다고 하면서 그 준비로 야단인데 자기는 아무리 기다려도 연락이 없어 직접 찾아왔다는 것이다. 그래서 그 학생의 학적부를 찾아보니 성적불량으로 이미 제적된 뒤였다. 어째서 이런 사실을 몰랐느냐고 하니 자기는 시골에서 내외가 살고, 학생은 외동인데 할머니와 같이 방을 얻어 대구에 있다는 것이다. 할머니가 손자를 끔찍이 사랑해서 아무리 나쁜 일이 있어도 절대로 자기에게 바로 알려주지 않았기에 학교에 잘 다니고 있는 줄 알았다는 것이다. 그날 힘없이 발길을 돌려 가는 그 선생님의 축 처진 어깨가 지금도 눈에 선하다.

지난 가을 충주에서 학회에 논문을 발표하고 승용차로 문경 새재를 거쳐 내려왔다. 나의 연구실에서 석사과정을

밟고 있는 여학생이 마침 동승했는데 자기 집이 가는 길목
에 있으니 들렀다가 가는 것이 어떠냐고 하였다. 모두들
좋다고 하여 갔다. 낙동강변에 자리잡은 그 동네는 전주
류씨 집성촌으로 정말 아름다웠고, 그 학생집도 정자가 딸
린 전형적인 양가 집안이었다. 학생의 어머니는 갑자기 찾
아간 우리에게 정성 들여 달인 차와 잘 익은 홍시紅柿를 내
어 놓으셨다. 나는 오랜만에 그 붉은 감을 보는 순간 노계
蘆溪 박인로朴仁老의 〈조홍시가早紅柿歌〉가 생각났다.

그 집에는 그 학생의 부모 내외가 할아버지를 모시고
계셨고, 학생 삼남매는 대구에서 자취를 한다고 하였다.
집으로 오는 길에 그 여학생에게 왜 고삼高三 동생이 있는
데 대구에 와서 같이 사시지 않고 그러느냐고 물었다. 자
기 어머니는 그렇게 하자고 하시나 아버지가 반대하신다
고 하였다. 그 이유는 할아버지가 아주 완고하셔서 손자들
의 행동 하나하나에 전부 간섭을 하시기 때문에 자식들이
너무 행동에 제약을 받고 기가 죽을까봐 시골에서 할아버
지를 모시고 그냥 사시면서 가끔 대구에 오신다고 하였다.
나는 속으로 훌륭한 아버지구나 생각하였다.

여기서 우리는 서로 다른 어른들의 두 얼굴을 볼 수 있
다. 인간의 교육, 특히 자식의 교육에는 어떤 것이 정도正

道인가 나는 지금까지도 잘 모르고 있다. 중국의 천재시인 도연명陶淵明도 〈책자(責子, 자식을 나무람)〉란 시에 다섯 아들이 한결같이 게으르고 공부하기를 좋아하지 않아서 이를 한탄하였다. 우린 예부터 자식은 마음대로 할 수 없다고 하지 않았던가!

자식 교육을 말할 때 루소의 《에밀》을 빼놓을 수 없다.

"만물을 창조한 신의 손을 떠날 때 모든 것은 선善했으나 사람의 손에 옮겨지게 되자 악惡해지고 말았다. …중략…, 인간은 무엇 하나 자연이 만들어 놓은 상태 그대로 놓아두지 않는다. 인간 그 자체까지도 그렇다. 인간도 승마 말처럼 조련시키지 않으면 안 된다. 정원수처럼 자기가 원하는 모양으로 바꾸어 놓지 않으면 성이 차지 않는다."

이렇게 《에밀》에서 틀에 박힌 인간 교육을 비판하기 시작한다. 루소는 요사이 말로 하자면 진보주의자다. 정형화된 공교육公敎育을 배격하고, 인간을 자연의 순리에 맡겨 키워야 한다고 하였다. 그러나 《에밀》은 출판 즉시 프랑스 당국의 검열에 걸려 전부 불태워 버려졌다. 18세기 중세 유럽의 교육 사상을 생각하면 너무나 파격적인 급진사상이었다. 그런데 사실 루소는 자식 교육을 말할

자격이 없다. 그는 결혼하지 않는다는 조건으로 하숙집 하녀였던 떼레즈 르 봐쇠르(56세에 정식 결혼수속)와 관계하면서 그 사이에 난 다섯 아이를 낳는 족족 모두 고아원에 보내 버렸기 때문이다. 이것이 유명한 기아棄兒 사건이다. 이 가책 때문인지는 몰라도 그는 "아버지의 의무를 다할 수 없는 자는 아버지가 될 자격이 없다. 빈곤도, 일도, 세상에 대한 생각도 자기 아이들을 자기 손으로 키워야 할 의무에서 모면할 수 있는 이유가 될 수 없다"고 하였다. 그는 철저한 자연주의적 교육에 의해서만 인간이 올바르게 자란다고 생각했다. 즉 "식물이 재배함으로써 만들어지고 인간은 교육에 의하여 만들어진다"라고 했듯이.

그러면 자식에 대한 부모의 올바른 바람은 무엇이며, 부모는 어떤 정신의 소유자여야 하는가? 루소가 인용한 예를 보자. 어떤 스파르타(고대 그리스 도시국가) 여인이 다섯 명의 아들을 모두 전쟁터로 보냈다. 그리고 전투 상황의 보고가 오기를 초조하게 기다리고 있었다. 이윽고 보고하는 병사(원문은 노예)가 돌아왔다. 그녀는 떨며 전투 상황을 물었다. "다섯 명의 아드님은 모두 전사하였습니다." "이 어리석은 병사야, 내가 그런 것을 묻더냐?" 비로소 그 병사는 "아군이 승리했습니다"하고 말했다. 그 어머니는 신전으로 달려가 신에게 감사의 기도를 올렸다. 루소는 "이 것이 시민의 아내다"라고 하였다.

자, 이렇게 되면 훌륭한 아버지가 훌륭한 자식을 위하여 할 수 있는 교육은 자명해진다. 사람의 교육은 자연 순리에 따라 교육하되 사회를 위하여 필요한 인간을 만드는 것이라고.

'낳되 소유하지 않는다(生而不有)'는 말을 알면서도 이제 나의 손을 거의 벗어난 우리 집 아이들에게 나는 아직도 나의 영향력에 대하여 미련을 가지고 있다. 그리고 아이들에게 바라고 있는 나의 진정한 뜻을 아이들이 모르고 있다고 생각하고 있다. 모두들 그만하면 훌륭한 자식이라고 해도 나는 만족하지 못하고 있다. 아마 이런 나를 두고 우리 집 아이들은 자기 자식을 교육하는 데 한 예로 삼을 지도 모르겠다. 나는 이제 명백히 알 수 있는 것이 한 가지가 있다. 그것은 아버지가 나의 성적에 대하여 내가 말한 대로 믿어주셨을 것이라고 하는 사실이다. 자식의 교육은 자식을 믿는 데서부터 시작하기 때문이다.

새아기의 전화를 받고

쓰던 원고의 초고를 끝내고 나니 좀 한가하여 파적破寂 삼아 큰 새아기가 나에게 보내준 〈장욱진 화집〉을 뒤적이고 있는데 서울에 있는 새아기로부터 전화가 걸려왔다. 수시로 안부 전화를 받지만 이번 전화는 안부와 사과를 겸한 것으로 내용인즉, 저희들의 마음은 절대 그렇지 않은데 생각이 못 미쳐 그렇게 되었으니 저희들의 마음을 헤아려주길 바란다는 것이었다. 그 음성에서 진실을 엿볼 수 있었다.

이런 전화가 오게 된 연유는 이렇다. 지난 여름에 여러 번 외국학회에 참석한다는 명분으로 무리한 여행에서 온

긴장과 피로가 겹쳐 그해 가을부터 나의 건강이 아주 좋지 않았다. 우선 목이 쉬어 변성이 되니 강의가 어렵고 대화를 전같이 할 수 없어 걱정을 하며 근근이 지냈다. 그런데 집 아이 내외 둘 다 전화로 안부를 물으면서 "별일 없으시죠? 요새 아버지 건강은 어떻습니까?" 한다. 나는 "오냐, 그럭저럭 지낸다, 걱정 마라" 하면 "건강 조심하세요" 한다. "너희들도 운동도 하고 건강 조심해라" 하면 "예" 하고 전화를 끊는다. 안부 전화는 대개 이렇게 끝나는 경우가 많다. 그런데 그날 따라 나는 속으로 괘씸한 생각이 들었다. 왜냐하면 내 음성을 들으면 전과 같지 않다는 것을 당장 알 수 있을 텐데 늘 "건강은 괜찮으시죠" 하고 끝나니 이놈들이 그저 형식적으로 전화를 하는구나 싶었다. 그래서 속으로 벼르고 있었다.

그런데 둘째아이도 조그만 아파트를 하나 구해서 살림을 내보냈는데 몇 달이 지나도 나는 가보지 못했다. 그러니 둘째가 아버지 너무 하신다는 소리까지 해서 하는 수 없이 우리 내외가 갔다. 큰아기와 둘째 새아기는 손수 음식을 장만하여 나의 입맛에 맞는지를 물어가면서 정성껏 차려주어 잘 먹었다. 식후 이런저런 이야기를 하다가 무슨 효도에 관한 말끝에 기다렸다는 듯이 내가 "너희들에게 할 말이 하나 있다. 좀 들어 보아라" 하니 모두들 긴장하는 눈치였다. 내가 "너희들의 마음을 모르겠다. 어느 것이 진심인지를. 한 예로 나는 너희들의 전화를 받으면 첫마디만 들어도 건강 상태는 물론 현재 기분이 어떻고, 너희들 내외 사이가 어떠한 지를 단번에 짐작할 수 있는데 너희들은 내 음성이 전과 같지 않고 탁하게 변성된 것이 어제 오늘의 일이 아닌데 전화할 때마다 건강은 괜찮으시죠 하고 끝내니 그게 형식적이지 어디 진심에서 우러난 것인가. 너희들은 전화를 그저 소리로만 듣지 마음으로 하지 않는다. 너희들 어떻게 생각하나!" 하고 물으니 아무 대답도 못하고 잘못 하였다고만 하였다.

그런 후 연말에 약한 감기를 앓았으나 잔기침을 좀 했을 뿐 잘 지냈는데 하루는 자고 나서 침을 뱉으니 조그마한 엉킨 핏덩어리가 나왔다. 그 이튿날도 재채기를 심하게 했더니 목에서 피가 나왔다. 그동안 평상시에도 긴 강의를 하고 나면 목이 잘 쉬어 병원에 몇 번 가서 진찰을 받아 보았으나 이상이 없다고 하여 마음 놓고 있었는데 이번에는 덜컥 겁이 났다. 바로 큰 병원에 갔더니 별것 아닐 수도 있지만 목의 피가 폐에서 나올 경우도 있으니 담당과에 가서 진료를 받아보라고 하였다. 그래서 부랴부랴 해당과에 가

서 여러 가지 검사를 받고 결과를 기다리고 있는데 그 주
말에 아이들의 전화가 왔다. 그간의 사정 이야기를 하고
몇 날 결과가 나온다고 알려주었다. 그리고 혹시나 싶어
서울의 큰 병원에도 진료 예약을 하였노라고 했다. 그런
후 결과가 나오는 날까지 우리 내외는 혹시 나쁜 이야기를
들으면 어쩌나 하는 생각에 초조하고 긴장된 마음은 이루
말할 수 없었다. 그러나 서로 감정을 감추고 아내는 조석
으로 기도하면서 나에게 괜찮을 것이니 걱정 말라고 하며
일부러 태연한 척 하였다.

　　드디어 결과를 보는 날 의사 앞에 앉으니 모든 검사 결
과 아무 이상이 없다고 하였다. X-ray, 혈액, 타액, CT 검사
에서도 아무 이상 징후가 없다는 것이다. 나는 허리 굽혀
고맙다는 인사를 몇 번이나 하고 간호사에게도 고맙다고
했다. 밖에 나와 바로 핸드폰으로 아내에게 X-ray상은 어
떻고 하는 식으로 결과를 설명 하려고 하니 이상이 있나
없나만 말하라고 해서 이상 없다고 말하였다. 아내는 "그
러면 됐지 뭐 설명이 필요해요. 내 그렇다고 하지 않았어
요. 어서 오이소"하고는 전화를 끊어버렸다. 안심했다는
뜻이다. 그런데 서울에 있는 두 아이의 내외로부터는 저녁
때까지 결과가 어떻게 나왔느냐는 전화 한마디가 없었다.

 더구나 둘째는 의사가 아닌가. 아무리 바빠도 그렇지. 이 나쁜 놈들. 나는 섭섭하고 괘씸하여 불편한 심기를 퇴근하자마자 아내에게 늘어놓았다. "옛말에 열 아들보다 악처 하나가 낫다더니 그 말이 거짓이 아니구나. 이 나쁜 놈들. 내가 효도를 못했으니 당연한 응보인 거야." 나는 이렇게 자조 섞인 말도 하였다. 그랬더니 아내는 또 우리 아이들같이 착하고 효성스러운 아이가 어디 있느냐고 하면서 나를 나무랐다. 그때 아이들의 전화가 연거푸 왔다. 아내가 나에게 전화를 바꿔주어 내가 받으니 자기들은 대구서 대충 진료를 받고 서울서 옳게 진찰하는 것으로 알았다면서 어쨌든 늦게 전화를 드려 죄송하다고 사과를 했다. 그러나 나는 그저 형식적으로 그리고 내가 기분이 좋지 않다는 것을 더욱 감지하도록 음성을 깔아서 "알았다, 걱정 마라, 응, 응" 하고는 전화를 끊어 버렸다. 그러나 뒤에 알고 보니 서울서는 이미 저 어머니로부터 아버지 일에 그렇게 무관심할 수 있느냐는 야단을 크게 맞은 뒤였다. 그러니 내가 단단히 화가 난 것 같으니 아이들 두 내외는 큰 걱정을 한 모양이었다. 그래서 한 이틀이 지나고 이제 좀 화가 풀렸지 싶으니 큰새 아기가 대표로 오늘 다시 한번 전화를 한 것이다.

사실 나는 조금만 아파도 아주 과장해서 끙끙거리고, 식구들이 번갈아 와서 어떠냐고 묻고 해야 좋아하는 성격이다. 아내와 아이들은 어린애 같은 내 성격을 알아서 때로는 기분을 좋게 해주려고 아주 걱정하는 척 하는 것도 나는 알고 있다. 이번에도 나는 그런 기대를 했던 것이다. 그러니 어찌 보면 조그만 일인데 내가 이 일을 길게 끌면 그것이 아이들 마음속에 끼어 있어 생활 전반에 영향을 미친다는 것을 알고 있고, 또 충분히 반성하였다는 것이 감지되어 이번 전화에서는 아주 좋은 기분으로 마음을 확 풀어주었다.

실은 이번에 더욱 화를 나게 한 이유는 또 하나 있다. 작년 연말에 우리 고향 마을의 유래와 역대 유명한 어른들의 행장行狀과 비문을 번역한 한 권의 책이 나왔다. 그 가운데 나의 직계 할아버지(우리 아이가 10代)의 비문과 행장을 보면 대대로 학문뿐만 아니라 후손에게 크게 귀감이 될 만한 효행이 기록되어 있었다. 나의 6대조 동연공東淵公은 수권의 문집과 저서가 있는 당대 큰 유학자였는데 부친의 몸에 종기가 나면 입으로 고름을 빨아내어 치료하였고, 괴질이 걸렸을 때는 변을 직접 맛보아 병환의 차도를 가늠하였다고 한다. 어른의 장례 후에는 3년 간 나물과 죽만 자셨으며, 그 아들 되시는 백담공栢潭公은 86세의 조모와 79세의 어머니를 모셨는데 고부가 함께 병환으로 계실 때 한방에 기거하면서 탕제湯劑 달이는 일과 변과 오물이 묻은 속옷을 절대 다른 사람에게 시키지 않고 손수 빨아서 입히셨다고 한다. 그 이유는 하인들은 말할 것도 없고 며느리라 해도 몇 년을 계속해서 더러운 옷가지를 빨게 되면 자기도 모르게 짜증이 날 수 있는데 그렇게 되면 그것이 부모에게 죄를 짓는 것이 되기 때문이라는 생각에서였다고 한다. 이외에도 들으면 눈물이 쏟아질만한 효행은 이루 말할 수 없다. 이 지극한 효성이 알려져 도내 각 문중 대표들로부터 관청에 여러 번 효자로 천거되시기도 하였다. 그 문서는 아직 우리 집에 한아름이나 남아 있다. 그리고 덧붙여 나는 효도를 하지 못했지만 지금도 맛 좋은 과실이나 음식이 생기면 먼저 가까운 제삿날이 언제인지를 헤아려 보고 그때까지 갈무리 할 수 있는지를 생각한다는 말도 했다.

나는 이런 내용을 설 차례 후 아이들 두 내외와 딸을 앉혀놓고 설명해주면서 "요사이는 그렇게 할 수도 없고 또 그렇게 하길 바랄 사람도 없다. 다만 우리 집은 학문과 효성이 대대로 이어져 온 명예를 가지고 있으니 이를 자랑스럽게 생각하고 생활에 참고만 하라"고 했다. 내가 이 대목에 다소 흥분하여 목청 높여 이야기하여 주었을 때 "예, 잘 알았습니다"라고 한 지가 얼마 지나지도 않았는데 이번과 같은 무관심을 보이니 이놈들이 그때 그저 귀로만 듣는 체 하였구나 하는 생각이 들어 화가 더 났던 것이다.

내가 여기서 이렇게 길게 사적私的인 이야기를 하는 것은 효孝는 천성으로 우러나서 하는 것이 으뜸이지만 요즈음 젊은이들은 그것을 보고 들을 기회조차 없으므로 무엇이 효인지를 모른다. 그래서 일부러 가르쳐서라도 조금은 인식시킬 필요가 있다는 생각이 든다. 내가 우리 아이들의 마음을 잘 알지만 이번에 짐짓 모른 척하고 일부러 좀 과장되게 화를 낸 것이다. 어떻게 보면 세상이 얼마나 변했는데 요즈음 와서도 그런 것을 기대하느냐고 나무랄 수도 있겠지만 실행하고 안 하고는 아이들의 몫이다. 그러나 나는 할 말은 해야 되겠다 싶어서 한 것뿐이다.

'애들아! 우리 내외는 너희들을 정말 사랑한다. 그리고 자랑스럽게 생각한다. 더욱 건강한 사회인이 되어라. 전화 고맙다. 그리고 앞으로 우리는 마음으로 통화를 하자.'

호號를 얻고

　　　　　　오늘 아침 머리를 감고 거울을 보다가 요즈음 부쩍 늘어난 흰 머리카락에 나 자신이 놀랐다. 내가 벌써 이렇게 되었구나 싶었다. 그리고는 이 나이 먹도록 너는 무엇을 했으며 그동안 너는 이름 값을 했는가 하는 생각이 들었다. 누구에게 이름을 지어 부르면 그때부터 인격도 함께 부여되는 것이다. 이름이라는 말이 나온 김에 나와 이름에 대한 이야기를 해 볼까 한다.

　　이름을 붙이는 방법은 민족 · 종교 · 국가에 따라 다른데 내가 과문寡聞한 탓인지는 몰라도 우리 나라 사람만큼 한 사람이 많은 이름을 갖고 있는 나라도 없을 것이고, 또 그 이름에 대하여 우리처럼 가치 부여를 하는 민족도 없는 것 같다.

우리는 우선 태어나면 이름을 지어 부른다. 이것이 아명兒名인데 이를 호적에 올리든가 새로 지어 등재하면 이것이 관명官名으로 공적인 이름이 된다. 그후 결혼한 사람이 어느 정도 나이가 들든가, 사회적 지위가 달라지면 아명이나 관명을 부르기가 무엇하여 친구나 손윗사람이 부르도록 자字를 짓는다. 또 학문적으로 존경의 대상이 되든가 직책이 높으면 상징적인 의미의 호號를 지어 부르게 한다. 이 호는 아무나 짓지도 않았고, 또 지어도 불러주지 않을 뿐만 아니라 오히려 비웃음을 사게 된다. 그리고 국가에 공훈이 있거나 인격적 또는 학문적으로 위대한 분의 사후에 임금이 지어서 내려주는 시호諡號가 있다. 아마 이것이 가장 명예로운 이름일 것이나 시호는 본인은 모른다. 요사이는 이런 것이 다 없어졌지만 호는 아직도 많이 쓰이고 있고, 문인文人들은 주로 필명筆名을 쓰는 경우가 많다. 그외 정치가나 유명인은 이름의 첫 자를 영어로 줄여 호칭하든가 애칭과 별명도 부르고 있다.

그런데 성姓은 태어나면서 이미 결정되어 있고 이름 두 자 가운데 한 자는 항열行列에 따라 써야 하니 가운데나 끝

Prof. dr hab. Zofia Lisiewska
Akademia Rolnicza

Prof. dr hab. Zofia Lisiewska

Shizuyuki Tanaka
田中静幸

DR. GIUSEPPE LIMA

GUSTAVO A. HERRERA.

Reza Salehi

CAMPO BASSO

Hiroshi Shiomi

Dr. Mohamady A. Issa

Natália Maria Súcaro Pinto

에 한 자를 무엇으로 쓰는가 하는 데 많은 고민을 한다. 그래서 작명가作名家를 찾고 사주四柱를 보기도 한다. 이래서 얻어진 이름은 자기 운명과 같이한다. 이 이름을 영어로 'given name' 즉 '주어진 이름'이라 했듯이 자기 이름은 자기가 지을 수 없다. 이름은 반드시 처음에 누가 지어 주어야 하지만 호는 그렇지가 않다.

나는 대학 시절 건방지게도 호를 하나 지어야겠다고 생각하여 한문 자전을 뒤져 가며 지어낸 것이 '만우壋憂'였다. 그 뜻은 나의 전공이 원예학이니 항상 손에 흙이 묻어 있는 사람이라는 것이다. 그후 내가 성질이 급한 편이니 이를 경계하는 의미로 누워 있는 소란 뜻의 와우臥牛로 지었으나 둘 다 별로 쓴 적이 없다.

사회에 나가서는 호에 대하여 생각할 겨를이 없었는데 내가 연구소에서 대학으로 자리를 옮긴 후 고향에 계신 집안 할아버지께 문안을 드리러 갔더니 "내가 너에게 조항祖行이 되지만 이름을 바로 부르는 것이 도리가 아니니 이제 자字를 하나 지어 부르도록 해라" 하시면서 즉석에서 '국서國瑞'란 글자를 써 주셨다. 나는 내가 한 집안도 빛낼 수 없는데 나라를 영광스럽게 할 수 있나 싶어 사양하려 했으나 어차피 쓰지 않을 것이고, 또 감히 어른의 성의를 거절

할 수 없어 "저에겐 좀 과합니다"라고만 했다.

요즘은 자를 쓰는 사람이 없으니 있으나마나 하지만 간혹 문중에서 인적사항을 요구할 때나 자 난에 쓸 뿐이다. 그런데 몇 년 전 내가 조그만 수상집을 발간하고자 할 때 호가 있어야겠다고 생각했으나 마땅한 것이 없어 생각해 낸 것이 목아沐兒였다. 이것은 내 아명이 희목熙睦이었는데 모두 '목이' 또는 '목아'라고 불렀기 때문에 이 음을 글자만 달리한 것이다. 목아란 이름을 지은 의미는 목욕한 갓난아기가 때묻지 않고 순수하듯 나도 그런 사람이 되도록 하자는 뜻이었다. 그러나 너무 여성다워 쓰지 않았다.

그런데 얼마 전부터 내자內子가 모 방송국의 문화교실에서 개설한 서예반에 다니더니 하루는 글씨 체본體本을 받으려면 아호雅號가 있어야 한다면서 하나 지어 달라고 했다. 그때 이 '목아沐兒'를 써 보이면서 그 연유와 뜻을 이야기했더니 좋아했다. 이틀날 서예 선생님과 서예반 여러분들이 보고는 모두 좋다고 하더라 해서 그냥 쓰도록 주어버렸다. 그러니 이제 나는 호가 없어졌다. 그런데 사실은 오래 전부터 동료 교수들이 나에게 호를 하나 지어준 것이 있다. 그것이 '영촌永村'인데 내 고향이 영천永川이니 그 영천에서 온 촌놈 또는 촌사람이라는 뜻이다. 장난 삼아 농으로 한 소리지만 과히 싫지 않아서 속으로 쓰기로 작정하고는 좀 고상한 척하기 위해서 그리고 친구들이 잘 모르도록 '촌村' 자를 고어체인 '촌邨' 자로 바꾸어 쓰기로 했다.

아호나 필명을 지을 때는 여러 가지 요소가 이용된다. 시인 이상李箱은 본명이 김해경金海卿이지만 일인들이 그를 '이상' '이상' 하고 불러서 그것을 필명으로 하였고, 이은상李殷相은 호가 노산鷺山인데 마산 고향의 산의 이름을 딴 것이다. 나의 친척 어른 한 분의 호는 삼호三乎인데 논어 학이學而편 첫 장에 나오는 글에서 취한 것이다. 그래서 나도 동료들의 농담을 나의 호로 삼은 것이다.

호는 은사나 친구가 지어 주기도 하지만 자기 스스로 짓는 자호自號도 많다. 호를 지을 때는 자기의 인생관을 나타내거나 지향하는 이상향을 그리는 뜻을 담을 때도 있고, 자기의 결점을 고치는 경책警責의 의미로 쓰는 경우와 인생을 살아가면서 주의해야 할 경계警戒의 뜻이 담긴 내용으로 짓는 것이 보통이다.

그러면 우리는 왜 이름을 그렇게 중요시하는가? 사람은 대부분 명욕名欲을 탐하고 명리名利를 추구하는 것이 상정常情이다. 그래서 잘못되면 결국은 자기 이름을 더럽히게 된다. 도척盜跖하면 천하에 제일 악독한 인간으로, 걸주桀紂는 폭군의 대명사이다. 그러므로 사람은 마땅히 자기 이름이 어떻게 쓰여지는가에 대하여 깊은 성찰이 따라야 한다. 차라리 한때 이름을 더럽히더라도 대의大義를 위하여 싸우는 사람이 있는가 하면 그 이름을 지키기 위하여 목숨을 버리는 사람도 있다. 정묘丁卯, 병자호란丙子胡亂 때 지천遲川 최명길崔鳴吉과 청음淸陰 김상헌金相憲이 그 좋은 예이다.

예로부터 명색名色이란 말이 있다. 이름에 걸맞는 모습을 말한다. '명색이 교육자인데 그럴 수가 있나' 하는 것은 교육자는 교육자답게 행동해야 한다는 것이다. 그러므로 이름은 꼭 성명만이 아니라 관직명이나 사회적 지위를 나타내는 직명도 이름에 속한다. 그리고 이름과 몸이 둘이 아니고 하나라는 뜻도 들어 있다. 사실 이름은 그저 이름뿐이지 그 본질을 나타낸 것이 아니라고 하기도 하고, 또 우리의 삶이 어찌 이름 석자에 달려 있겠는가마는 명언훈습名言熏習이란 말과 같이 그 이름을 자꾸 부르게 되면 자연적으로 그렇게 된다고 한다.

나는 아직 제 이름 값도 못하면서 또 하나의 이름인 호를 얻었다. 나도 이제 '영촌永邨'을 호로 쓰자면 영천 촌사람답게 살아야 한다. 촌사람은 못 배우고 어리석은 사람이 아니라 순박하고 인정이 있으며 아직 사회악에 덜 물들고 자기 일에 충실한 사람이다. 나의 이름 앞에 더 쓰여진 또 하나의 이름인 호를 보고 그 이름 위에 먼지가 앉지 않도록 쓸고 닦는 데 게을리 하지 않아야겠다. 해가 바뀌어 나이테가 두터워질수록 이름의 무게가 더 무겁게 느껴진다.

아톰 플라자

우리 이웃에 예쁘게 단장한 맥주집이 하나 생겼다. 상호가 '아톰 플라자' 다. 수입맥주 전문집이라는 광고도 붙었다. 그런데 나는 묘한 습성이 있어 이웃에 새로 개업하는 가게가 생기면 손님이 많은가, 적은가에 대하여 신경을 많이 쏟는다. 관심이 많은 정도가 아니라 좀 심한 편이다. 다행히 손님이 많이 드나든다 싶으면 기분이 좋아지고 손님이 없다 싶으면 공연히 불안해진다. 저래서 가게가 될까. 문 닫으면 안 되는데. 이런 쓸데없는 걱정을 한다. 아내로부터 걱정도 팔자라는 핀잔을 들으면서도 고치지 못한다.

이 새로 생긴 아톰 플라자에도 당연히 관심이 쏠린다. 그래서 지나갈 때마다 슬쩍 들여다본다. 그때마다 손님이 보이지 않는다. 하루는 나라도 들어가 봐야지 하는 생각에 찾아갔다. 주인은 젊은 내외였는데 아주 친절하고 상냥하였다. 나는 매상을 좀 올려줄 심산으로 일부러 값이 비싼 맥주를 시켰다. 작은 것 한 병에 만 원이나 하는 독일산 흑맥주 '쾨스트리처' 도 마셨다. 나는 적당히 취해서 나왔다. 그후에 유심히 보아도 별로 손님이 없어 보였다. 그래서 하루는 아내와 딸을 부추겨 '아톰' 에 갔다. 술을 잘 못하는 아내와 딸은 500cc 생맥주 한 잔도 못 비웠지만 나는 맥주와 버번 콕 칵테일 몇 잔으로 기분을 내었다.

지난 월드컵 경기 때도 나는 일부러 집을 나와 아톰으로 갔다. 어느 모임의 계원인 듯한 수 명의 손님이 이미 1000cc 짜리 맥주잔을 기울이면서 왁자지껄 떠들고 있었다. 좀 서먹서먹한 기분으로 뒷좌석에 자리를 잡고 맥주를 시켰다. 내가 나이가 들어 보여서 그런지 그 무정한 친구들이 합석을 권하지 않았다. 어쨌든 내가 이렇게 아톰 플라자에 관심을 갖는 것은 내가 애주가라서도 아니고 고상한 취미나 무슨 특별한 이유가 있어서도 아니다. 그저 단순히 이웃 가게가 잘 되었으면 하는 바람 때문이다.

언젠가 들은 이야기다. 단골로 가끔 가는 불고기집 주인이 나를 보면 아주 반기면서 교수님이 오시는 날은 언제나 손님이 많이 온다면서 자주 오라고 하는 말을 하였다. 그리고는 음료수 몇 병도 서비스라면서 공짜로 주기도 한다. 이런 예는 몇 번 있었다. 옛날에 어느 친척집에 자주 놀러 갔는데 그 집은 상당히 유명한 집안이었다. 내가 가면 아이들이 아저씨가 오는 날은 언제나 맛 좋은 선물이 많이 들어온다면서 늘 빈손으로 가는 나를 매우 반기는 것이었다.

그런데 어느 날 택시를 탔는데 뒷좌석에 앉은 나를 보고 "손님 혹시 교수님 아닙니까?" 하고 물었다. "기사양반, 사람을 많이 대하다보니 이제 관상까지 보시는군요" 하면서 대답을 대신하였다. 그 기사는 매우 친절하여 나는 그 화답으로 "내가 타면 손님이 많은데 오늘 돈을 많이 벌 것입니다" 라고 덕담 한마디를 했다. 그리고는 그 이유를 앞의 예를 들어 이야기하면서 내가 가면 재수가 좋다고 하는 말을 자주 듣는다고 하는 것을 자랑삼아 이야기하였다. 그랬더니 그 기사가 정색을 하면서 "손님, 함부로 그런 말하지 마십시오. 그러면 손님의 복이 줍니다" 라고 하였다. 나는 순간 아차 잘못했구나 하는 생각이 들었다. 그러나 곧 내 복이 좀 줄더라도 내가 복이 있어 남에게 나누어 줄 수 있으니 얼마나 좋은가 하는 생각이 드니 오히려 기분이 좋았다. 그래서 "아이고, 복이 있어 나누어 줄 수 있으면 좋지요 뭐" 했더니 기사 왈, "사람의 마음이 어디 그렇습니까?" 한다.

요즈음 나는 걷기 운동을 하기 위하여 밤늦게 동네 주위를 한 바퀴 도는데 그 코스에 '아톰'이 있어 지나다보면 날마다 손님이 늘 있는 것이 보였다. 일을 도와주는 아가씨도 있는 것 같았다. 나는 기분이 좋았다. 집에 들어서자마자 "여보! 아톰에 손님이 꽤 있는 것 같아" 하면서 좋아하였더니, 아내는 "당신은 좋겠어요, 아톰이 잘 되어서" 한다.

이 여름이 다 가기 전에 한번 가야지. 이번에는 칵테일로 키스 오브 화이어를 시킬까.

늦은 대답

한번은 졸업생 한 사람
이 찾아와서 차 한잔을 하며 이런 저런 이야기를 하는 중
에 나의 연구실 출신 중 한 사람인 L의 일을 아느냐고 물었
다. 모른다고 했더니 그의 회사가 문을 닫을 지경까지 갔
다가 모든 재산을 털고 이제 맨손으로 다시 시작하였다고
하였다. 그 이유를 물으니 평소 사업상 L에게 도움을 준
한 사장이 자기 회사가 어려우니 좀 도와달라고 해서 L은
그간의 정의와 신의를 믿고 한 1억 원 정도 쓰지 않겠나 싶
어 백지수표를 건네주었다는 것이다. 그런데 얼마 후 은행
으로부터 10여 억 원을 변제하라는 통보를 받고 놀라 알아

보니 그 사장이 그렇게 한 것을 알고는 매우 당황하여 처음에는 부도를 내버릴까하는 생각으로 준비에 들어갔다고 한다. 그러다가 가만히 생각하니 내가 생각나더라는 것이다. 정 교수 연구실 출신 누구가 빚 때문에 파산했다고 동문들 사이에 소문이 나면 자기야 죽은 듯이 살면 되지만 정 교수님 이름에 먹칠을 한다 싶은 생각이 드니 돈이고 뭐고 우선 명예를 지키자, 내 젊으니 돈은 살아가면서 또 벌면 되지 않나, 이렇게 생각을 바꾸고 제주도 땅을 비롯하여 그간 모은 재산을 전부 정리하여 은행 빚을 대신 갚고 빈털터리로 새 출발을 하였다는 것이다. 갑자기 현금 10여 억 원을 마련하자니 전 재산이 날아간 것이다. L 사장이 어려움을 겪었다는 것을 자기들끼리는 선후배라 잘 알고 있어 L 군을 위로하기 위하여 술자리를 마련하였는데 그때 L 군이 그런 말을 하는 것을 들었노라고 하면서 나에게 여태껏 몰랐느냐고 물었다. 늘 정보에 어두운 나는 그때 처음 듣는 것이었다. 간혹 안부 전화를 받았지만 근황을 물으면 괜찮다고 하므로 그런 줄만 알았다고 했다.

하여튼 그런 이야기를 듣고 그냥 있을 수 없었다. 그래서 내가 자리를 마련하여 L사장과 주위에 몇 사람을 오게 하였다. 우선 

나는 L 사장에게 내가 들은 이야기를 하면서 나를 생각하여 준 그 마음에 고마움을 표시하고 참 생각하기 어려운 결단을 하였다고 하면서 위로 겸 치하를 하니 모두들 숙연히 듣고 박수로 장래를 축하해 주었다.

내가 저녁을 샀으니 자기들이 2차를 내겠다고 하여 좀 근사한 집으로 가서 한잔을 더 하게 되었다. 이미 좀 취한 나는 화기애애한 분위기에 휩쓸려 상당히 마셨다. 그리고는 이제 세상물정이나 살아가는 요령을 나보다 더 터득한 그들을 앞에 놓고 내 주제 파악도 잘 못하면서 교수 아니라고 할까 싶어 동서고금의 인생역전 이야기를 예로 들어 설명하면서 사람은 신의가 최고라고 하는 말도 한 것 같았다. 물론 내가 살아온 길, 인생관도 이야기 한 듯하다. 내가 한껏 기분이 좋은 듯하니 모두들 맞장구를 치며 동의하였다.

이런 저런 환담을 하는 사이에 어느 한 사람이 나에게 "교수님은 이제까지 살아오면서 하신 일 가운데 보람된 일이 무엇입니까, 많지요?"라고 물었다. 그때 분위기로는 내가 자랑삼아 이런 저런 일을 늘어놓으면 아주 훌륭한 일을 하였다고 하면서 좀 치켜세워서 더욱 기분 좋게 하여 줄 요량으로 말한 것이라는 것을 나는 안다. 그러나 순간 정신이 확 들었다. 마치 염라대왕이 "너, 저 세상에서 무슨 좋은 일을 하고 왔나"라며 묻는 것 같았다. 그러나 가볍게 "나 같은 사람이 뭐 그런 것이 있나. 그럭저럭 세월을 보내고 남의 신세만 졌지. 오늘도 자네들 술 얻어먹고 있지 않나. 자 술이나 먹자" 하면서 그 순간을 넘겼다.

그러나 그후 그 물음이 나의 뇌리를 떠나지 않았다. 그래서 지나간 날을 돌이켜 생각해 보는데 최근에 받은 두툼한 편지 봉투가 생각났다. 그 편지는 연세가 여든 둘이 넘은 안 노인이 꼬박꼬박 친필로 무려 다섯 장을 써서 보낸 것이다. 그 내용은 그간의 서로 정이 두터웠음을 강조하고 난 후 그때 정말 어려운 시기에 양파재배법을 알려 주어서 굶주림을 면하게 하고 자식들 혼사도 치를 수 있었다고 하면서 그 고마움을 아직도 잊지 않고 있노라고 하는 것이었다. 그리고는 자기 뜻대로 하면 목비木碑라도 세워주고 싶으나 늙고 힘이 없으니 마음뿐이라는 사연도 있었다. 그 전에도 여러 사람으로부터 고맙다는 소릴 듣기는 했지만 40여 년이 지난 지금 와서 이런 편지를 받으니 그 감회가 남달랐다. 이제 그 양파에 얽힌 이야기를 좀 해볼까 한다.

나는 대학 4년을 경산 하양 외가에서 다녔다. 외숙 내외분은 하양읍 양조장에 계셨으므로 한사동 본가가 비어

영남 대학 농학 박사 학장내력 너무나

폭넓고 장하신 내력을 발표하는
사람이 업시 몃십연을 지내고보니
팔십이세 되는 노파가 글한쭉
적어 정히돈씨 착실하고 노력심
강하고 굳은 결심을 자랑하고
십내요 하양읍 한 자-----

* 영남대학 농학박사 학장 내력(경력) 너무나 폭넓고
장하신 내력을 발표하는 사람이 없이 몇 십년을 지
내고 보니 팔십이 세 되는 노파가 글 한 줄 적어 정희
돈 씨 착실하고 노력심 강하고 굳은 결심을 자랑하
고 싶네요.

날 마 다   좋 은   날

있어 어머니와 나는 거기서 살았다. 그때가 1957년도라 모두가 궁핍한 시대였다. 그 당시는 벼·보리·콩 이외는 별다른 소득 작물이 없을 때인데 나의 외종형의 절친한 친구이신 성재경이라는 분이 서울서 큰 인쇄업을 하시다가 6·25때 낙향한 후 상경하지 않고 고향 창녕서 양파 농사를 지으며 농촌 부흥운동을 하고 계신다는 소문을 들었다. 그 분은 부잣집 아들로 일본 와세다 대학 법문학부를 졸업했기 때문에 농사는 몰랐으나 외국잡지와 책을 사서 독학으로 양파재배를 공부한 분이다. 외숙도 잘 아는 분이라 나는 외숙의 소개장을 갖고 성재경 선생을 찾아가려고 했는데 그때 마침 큰비로 인하여 국도가 유실되어 버스편이 끊겼다. 양파는 파종시기가 중요하므로 지체할 수 없어 지도를 보니 청도에서 창녕 가는 길이 있어 그쪽으로 가면 되겠다 싶어 오후 늦게 기차를 타고 청도에 갔다. 바로 시외버스 정류장에 가서 창녕 가는 버스를 물으니 거기까지 가는 것은 없고 풍각까지만 간다고 하였다. 그 말을 누가 옆에서 듣고는 걸어서 가면 된다고 하였다. 그날이 장날이라 탈 사람은 많고 날은 이미 저물어 무조건 올라탔다. 어느 산 밑 마을 어귀가 종점이라 해서 내리니 어둑어둑한 초저녁이었다. 한 승객에게 창녕 가는 길을 물으니 산 쪽을 가리키며 군사도로가 있으나 높고 멀다면서 지름길을 알려주고는 이렇게 늦었는데 갈 수 있겠느냐면서 사뭇 걱정을 하는 눈치였다. 어릴 때부터 간이 크다는 소릴 들은 터라 겁없이 고맙다는 말만하고 무작정 걸었다. 길은 험하지 않았으나 좁고 숲이 무성하여 인기척에 놀란 짐승소리만 나도 머리털이 설 지경이었다. 얼마나 걸었을까. 겨우 산을 벗어나서 들길에 나오니 달이 중천에 교교히 떠 있는데 인가는 안 보이고 하얀 길만 개울을 따라 나 있었다. 시계를 가져오지 않아 시간은 알 수 없고 방향도 모르니 어림잡아 가는데 갑자기 시장기가 들었다. 한 시간은 더 걸었을까. 이젠 지친 상태였는데 길가에 조그만 외딴 가게가 보여 무조건 문을 두드렸다. 놀라서 나온 주인을 보고 밥 좀 달라고 하니 허기나 면하라고 하면서 보리밥에 풋고추 몇 개와 된장을 내놓았다. 쪽마루에 걸터앉아 물에 말아서 정신 없이 먹고 값을 셈하려 하니 그냥 가라고 하면서 학생이 이렇게 늦게 어딜 가느냐고 물었다. 가는 곳과 사정을 말했더니 여기서 멀지 않다고 하며 길을 상세히 알려주었다.

성재경 선생 댁에 도착했을 때 새벽 2시가 훨씬 넘은 것을 벽시계를 보고 알았다. 찾아간 사연을 듣고 소개 편지를 보시더니 매우 반기셨다. 그래서 양파종자와 모종, 재배법 책자를 구해 와서 하양 외가 마을에 보급하게 된 것이다. 물론 그후 여러 번 내왕을 하였고 많은 지도를 받았다.

그 당시는 양파 값이 아무리 싸도 보리의 4~5배는 더 받을 수 있었고, 또 농사가 쉬웠다. 그러니 너도나도 양파를 재배하게 되었다. 하양 와촌 들에 심어진 양파를 영천 신령, 의성 탑리 사람들이 하양 장을 보러 오가면서 보고 그들도 재배기술을 전수하게 되었으며, 신령은 지금 양파 주산지가 되었다. 그 편지에는 이런 옛날 일들을 회상하며 써서 보낸 것이다.

또 다른 한 가지 일은 최근 옛날 신문 스크랩 철을 정리하다가 전국 새마을 사업발표회에 최우수 사례로 소개된 기사를 보고 다시 옛일을 떠올리게 되었다. 그 기사에는 내가 지도한 고향 마을 이름이 나와 있고 내 이름은 큰 글자로 별도로 소개되어 있었다. 그때 나는 새마을 사업에 관심이 많았고 여러 일을 추진하였는데 그 가운데 하나가 양수시설을 하여 밭을 논으로 만드는 사업이었다. 나의 고향 마을은 양쪽 언덕이 평평한 밭으로 되어 있는데 총 면적이 30ha는 넘을 것이다. 우리 집도 밭이 천여 평이 있었는데 보리와 콩을 번갈아 심었다. 그런데 콩은 여름에 비가 안 오면 실농을 하게 되고 많이 오면 잡초가 너무 자라서 재배가 어려웠다. 그런 해에는 풀매기 인부 삯으로 소 한 마리를 팔아야만 했다. 그런 일이 거의 매년 되풀이 되었다. 그때 품삯 때문에 고민하시는 아버님을 여러 번 곁에서 보았다. 그때 나는 어린 나이지만 이 밭에 물을 올려 논으로 만들 수 없을까 하는 생각이 뇌리에 박혀 있었다.

내가 대학에 와서 새마을 사업 봉사단원이 되어 일을 볼 때 단장되는 분이 사업구상을 지시하여 내가 이 양수사업을 건의하였다. 내 학비 때문에 모두 팔아버려 이제는 우리 밭이 한 평도 없지만 밭을 논으로 전환시키는 일은 그때 식량난을 감안할 때 아주 획기적인 제안이었다. 설명을 들은 도지사 이하 여러 관계 공무원이 모두 공감하여 일이 너무 빨리 진척되었으므로 면장은 물론 군수도 그 사업에 대하여 알지 못했다. 나 역시 이제 측량을 하는가 싶어 가보면 불도저로 이미 땅을 고르고 있었다. 나는 그때 공무원들로부터 자기들을 무시한다고 많은 오해를 받았다.

하여튼 공사가 끝나고 밭이 논으로 된 후 벼를 심었는데 벼이삭이 정말 수수이삭만큼 크고 충실해서 대풍을 이루고 정부 양곡수매에서 우리 마을이 최고였다는 소릴 나중에 들었다. 그런 풍작은 매년 계속되었으나 이제 더 수익이 좋은 과원으로 모두 변했다. 양수시설을 할 당시 언덕에 물이 들어오면 좋지 않다는 풍수지리를 내세워 암암리에 반대하는 사람도 있었으나 지금까지 큰 탈이 없다.

나는 어느 해인가 가을에 성묘 가는 길에 그 언덕에 크게 난 논길을 걸어 가면서 누렇게 익은 벼이삭을 보고 흐뭇한 미소를 지었다. 그리고 같이 간 우리집 아이들에게 그간의 사정을 이야기 해 주었다.

나는 이제사 늦게나마 자네에게 대답으로 몇 마디 적었네. 그리고 이 사람아 내가 여기서 무슨 자랑삼아 상相을 내기 위하여 이 글을 적은 것이 아니네. 어찌 보면 참으로 작고 보잘것없는 일인 줄 알면서도 내가 구태여 이렇게 써본 것은 그날 술자리에서 자네는 나에게 가벼운 마음으로 말했지만 나에게는 큰 물음으로 다가왔네. 그래서 이제 옛날을 회상하며 늦었으나마 그날 저녁에 한 물음에 대한 대답을 대신해서 한번 적어 본 것뿐이네. 사람은 늘 자기 만족에 사는 어리석은 존재가 아닌가. 이해하여 주리라 믿네.

우정友情에 대하여

언젠가 나는 이웃집 주
인이 친구들과 벌인 저녁 술자리에 초대받았다. 평소 아는
사이로 동향同鄉이고 나이도 비슷하여 서로 서먹해야 할
처지가 아니었다. 그래서 술이 몇 잔 들어가고 기분이 좋
아진 나는 좀 기고만장하여 떠들었다. 그때 모인 사람들이
앞으로 산에 같이 가자고 하였고 자기들 계모임에도 동참
을 권했다. 나는 흔쾌히 좋다고 하였다. 그런데 그후 아무
연락이 없었다. 나중에 가만히 생각하니 초면인 데도 내가
말이 많고 떠드는 것을 보고 아마도 내가 예의 없고 경솔
하며 믿음이 안 가는 사람으로 보였던 모양이구나 하는 것

을 느낌으로 짐작이 갔다.

그런 생각을 하니 나로서는 좀 억울하다. 나는 어릴 때 고향 친구들이 나한테 놀러 간다면 아무리 엄격한 아버지라도 무조건 허락했을 만큼 믿음을 얻었다. 그리고 커서도 친구에게 신의를 저버린 적은 물론 경원의 대상이 될만한 짓을 하여본 적이 없다고 생각하여 왔다. 그런데 이제 와서 내가 그런 사람이 되었는가 싶어 혼자 쓴웃음을 짓지 않을 수 없었다. 지금까지 살아오면서 내가 남에게 그런 실없는 사람으로 대접받을 처신을 한 적이 없다고 생각되는데 말이다.

사실 나의 결점 가운데 하나가 마음이 내키지 않으면 소주 반잔을 넘기지 못하는데 의기가 투합하든가 기분이 좋으면 정말 나도 놀랄 정도로 술을 많이 마실 수 있다는 것이다. 이중인격자라고 나무라는지 모르지만 이 사실을 아는 사람도 별로 없다. 나는 가급적 술자리를 피하기 때문에 모두들 술을 못 마시는 것으로 알고 있다. 그날도 나이는 서로 많지만 새로운 친구를 만나 기분이 좋아서 그것을 좀 적극적으로 표현한 것뿐이었다. 내가 친구를 놓친 것인지 그들이 나를 알아보지 못했는지 모르지만 한 가지 분명한 것은 내가 남의 친구가 되기도 어렵고, 또한 남을 나의 친구로 만들기도 어렵다는 것이다.

우리는 어릴 때부터 벗을 사귀는 데 대하여 많은 교육을 받고 자란다. 가장 처음 듣는 것이 "벗을 사귈 때는 믿음으로써 해라(朋友有信, 交友以信)"하는 것이었다. 그후 조금 나이가 들면 카이사르(시저, Caesar)가 죽으면서 하는 말 "브루투스 너마저"하는 친구의 배신을 배우게 된다. 우리가 어릴 때 친한 친구를 표현하는 죽마고우竹馬故友란 말도 어릴 때는 아주 친한 벗이었으나 나중에 정적이 된 환온桓溫과 은호殷浩 사이의 배신에서 생긴 말이다.

그렇지만 이 세상에는 아름다운 우정의 이야기가 너무나 많이 있다. 우리 나라에도 40대에 다같이 영의정을 지냈고, 임란 극복에 큰 공을 세운 백사白沙 이항복李恒福과 한음漢陰 이덕형李德馨과의 아름다운 우정은 유명하다. 그리고 우정하면 제齊나라 때 관중管仲과 포숙아鮑叔牙의 소위 관포지교管鮑之交를 든다. 관중은 말한다. "나를 낳아준 것은 부모이지만 나를 알아준 것은 포숙아였다"고. 이외에도 춘추 전국 시대 조趙나라 제상 인상여藺相如와 장군 염파廉頗 사이의 불화를 딛고 얻어낸 목숨과도 바꾸지 않은 우정인 문경지교刎頸之交, 산도와 혜원의 굳고 향기로운 우정인 금란지교金蘭之交, 삼麻밭에 있는 쑥蓬은 삼과 같이

 크게 자란다는 뜻의 봉마지교蓬麻之交는 서로 돕고 격려하며 나누는 우정을 말한다.

나는 우정의 백미白眉는 역시 호계삼소虎溪三笑라고 생각한다. 혜원慧遠이 여산廬山에 머물러 있을 때 그 지방 자사刺史로 있던 환이桓伊가 동림사東林寺를 지어 주석케 하였다. 이 동림사에 가려면 조그만 개울을 건너야 하는데 혜원은 속으로 내 이 다리를 건너 들어가면 결단코 다시는 이 다리를 건너 밖으로 나가지 않으리라고 스스로 다짐하였다. 그후 누가 와도 이 다리까지만 와서 작별하였다. 그런데 하루는 귀거래사로 유명한 도연명陶淵明과 도사道士인 육수정陸修靜이 찾아와서 놀다가 돌아가는 길을 혜원이 배웅하였다. 그때 세 사람은 즐겁게 담소하면서 걸어가는데, 갑자기 호랑이가 앞에 나타나 크게 울었다. 매우 놀라면서 정신을 차려보니 이미 그 개울의 다리를 건넌 뒤였다. 너무나 재미있게 이야기하면서 걸어온 탓에 다리를 건너는 줄 미처 몰랐던 것이다. 혜원은 크게 탄식을 하는데 이것을 알게 된 두 사람이 통쾌하다는 듯이 박장대소를 하였다. 그러니 혜원도 따라서 껄껄 웃으니 세 사람은 웃으며 즐거워하였다는 고사이다. 이때 호랑이가 울었다 해서 그 개울을 호계虎溪라고 하였고, 세 사람이 같

이 웃었다 해서 호계삼소란 말이 지금까지 전해온다. 그때를 한번 상상해 보라. 얼마나 흐뭇한 장면인가!

내가 여기서 장황하게 우정에 대한 이야기를 한 것은 그 연유가 있다. 몇 주 전에 팔공산에 갔다. 동봉 중간쯤 갔다올 요량으로 케이블카를 탔다. 그날도 나는 혼자여서 30대 후반의 부인과 초등학교 4학년 정도 되어 보이는 모자와 함께 한 칸에 탔다. 서로 등을 뒤로하여 앉았는데 어머니는 아이에게 여러 가지 인생 이야기를 하였다. 이를 듣고 나는 순간적으로 정훈庭訓의 고사가 생각났다.

진항陳亢이 공자의 아들 백어伯魚에게 "당신은 아버지에게 별도로 다른 무엇을 배웠습니까?" 하고 물었다. 그의 대답이 "따로 배운 것은 아무 것도 없고 다만 한번은 뜰을 지나가는데 마당에 서 계시던 아버지께서 나를 보시더니 요사이 시詩를 읽느냐, 또 한번은 예禮를 읽느냐 하고 물으시기에 읽지 않았다고 말씀 드렸더니 시를 읽어야 인생을 논할 수 있고 예를 배워야 처신을 할 수 있다고 말씀하십디다. 그 뿐입니다" 하였다. 이것이 유명한 공자의 정훈이다. 나는 속으로 케이블카 안에서까지 교육하는 것을 보고 훌륭한 어머니라고 생각하였다. 그런데 이게 무슨 소린가! "사람은 착해야 되지만 너무 착하면 못 쓴다" 라고 말하는

게 아닌가. 이것은 아마 아이가 너무 심약해서 남자는 좀 거칠어도 좋다는 것을 강조하는 것으로 이해했다. 그런데 그 다음이 문제였다. 친구를 사귀어도 절대로 지면 안 되고 너보다 공부 못하는 친구와 사귀면 안 된다는 등의 이야기를 하는 것이다.

벗을 사귐에 있어 이익을 위하여 사귀면 그 이익이 없어지면 우정도 그만이다. 어떤 목적을 위하여 가까이 한 친구는 그 목적 달성과 함께 우정은 식어 간다는 것을 그 어머니는 알지 못하는지 모르겠다. 우리 나라 사람만큼 모임이 많은 나라도 없을 것이다. 그 모임은 거의가 떼거리(朋)이지 진정한 의미에서 벗(友)의 모임은 드물다. 맹자는 말하지 않았던가. 벗을 사귐에 있어 덕德을 으뜸으로 삼으라고. 또 누군가는 평생 진정한 친구가 한 사람만 있어도 그 인생은 성공한 것이라고. 우리는 벗을 찾기보다 내가 남의 벗이 되기를 노력해야 하지 않을까?

날 마 다 좋 은 날

찬물에 얼굴을 씻고

인간적인 것
가까이 있는 것의 소중함
절제節制의 미덕
찬물에 얼굴을 씻고
내가 좋아하는 말
샤일록을 위한 변명
아침은 온다
선근善根을 심자
등불을 돌리면서

인간적인 것

나의 연구실에 자주 택배 물건을 가져오는 한 젊은이가 있었다. 올 때마다 친절하게 대해 주었고 때로는 다른 연구실 가는 길을 물을 때 나도 모르는 경우 어떻게 알아서라도 상세히 안내해 주었다. 하루는 그 젊은이가 일부러 내 방에 들어와서 "자기는 다른 구역으로 가게 되었는데 그동안 너무 인간적으로 대해주어서 고맙다"는 인사를 하였다. 나는 아무 생각 없이 한 일인데 그의 언행으로 보아 진심임을 읽을 수 있었다. 그런데 그가 가고 난 뒤에 생각되는 것이 '친절하다면 모르되 인간적이라! 그것이 무슨 뜻인가? 작별 인사치고는 너무 철학적이다' 하는 생각을 하였다. 그후 내게는 인간적人間的이란 것이 무엇인가 하는 화두 하나가 생겼다.

우리들이 쉽게 쓰는 것이 인간적이란 말인데 도대체 그것이 무엇인가 하는 것이다. 사전적인 의미로는 '사람다운 것' '인간성人間性이 있는 것'으로 되어 있으나 그 '것'이 도대체 어떤 것인가에 대한 정의를 내리기가 어렵다. 이 인간적인 것의 정의에는 인간성이라는 것을 빼놓을 수 없다. 그리고 진실로 '인간적'이라고 할만한 인간상人間像을 규정했다 할지라도 거기에는 늘 모순이 따르게 마련이다.

먼저 인간성에 대하여 생각해 보자. 나는 어릴 때 시골서 자주 또래들과 흙을 파면서 놀았다. 그때 가끔 지렁이가 나오면 어떤 아이는 어머나 하면서 흙으로 도로 묻어주고, 또 어떤 친구는 그것을 억지로 끄집어내어 돌로 찍어 죽여버렸다. 이런 경우 어린아이들에게 인간성을 말할 수 있겠는가? 어떻든 인간성이란 인간 본성을 의미하는데 이것은 자기 의지와는 상관없이 태어나면서 타고나는 것이다. 그러면 타고난 본성대로 하는데 거기에 무슨 선과 악을 구별할 수 있는가? 우리가 지금까지 인간 본성은 선善한 것이라거나 선한 것이라야 한다는 전제를 두고 늘 인간적이란 것을 평가해 왔다. 나는 여기서 의문을 가지지 않

을 수 없다.

인간에게는 욕망이라는 것이 있다. 그 욕망을 달성하려고 하는 것이 인간의 삶이다. 때로는 인간성이 욕망을 낳기도 하지만 대부분 욕망은 인간성을 지배한다. 그리고 인간성을 하나로 정의할 수도 없고 어떤 것이 옳은 인간성이라고 말할 수도 없다. 왜냐하면 인간이 살아가면서 한 모든 행위는 인간적인 행동으로 보아야 하기 때문이다. 그 많은 소설이나 희곡에 등장하는 인간상들 모두가 제 나름대로 인간적인 행위를 나타낸 것이다.

까뮈의 소설 《이방인》에 나오는 뫼르소는 해변 모래사장에 작열하는 햇빛에 자극 받아 아무 이유 없이 그저 기분으로 살인을 하고도 전혀 죄책감을 느끼지 않는다. 이와는 반대로 어떤 사람은 어두운 밤에 다리를 지나다가 사람이 물에 빠진 것 같은 느낌을 받고도 구조에 힘쓰지 않고 그냥 지나쳐 버렸다. 그는 평생 살인을 했다는 죄의식으로 괴로워한다. 우리는 당연히 후자를 인간적이라고 한다. 그러나 그렇게 단정할 수만은 없다. 이것은 인간성의 차이지 인간적인 행동과는 다르다.

인간의 욕망이 인간성을 지배하는 예를 보자. 역아易牙는 임금이 입맛이 없다고 하자 자기 아들을 삶아서 바쳤

고, 수조豎刁는 스스로 거세를 하고 환
관이 되어 제齊나라 환공桓公을 섬겨
권세를 얻었다. 그러나 그들은 나중 
에 반역하여 왕을 죽였고 석 달이 지나도록 장사를 지내지
않아 구더기가 방문 밖으로 기어 나왔다. 그 유명한 진시
황도 환관 조고趙高에게 똑같은 경우를 당했다. 이런 극단
적인 예보다 정말 인간적인 예는 오스틴의 소설《오만과
편견》에서 볼 수 있다. 과년한 딸 다섯을 둔 베넷 부인은
이웃 동네에 이사 온 돈 많고 잘생긴 청년 빙리씨를 사윗
감으로 탐을 낸다. 어찌 어찌하여 자기 딸 제인이 그 청년
의 집에 초대되어 갔는데 그만 심한 감기로 그 집에서 며
칠간 요양을 하게 되었다. 이때 베넷 부인은 온 식구가 걱
정을 하는 데도 속으로 딸의 병이 며칠 더 끌어서 청년과
더 가깝게 되기를 바란다. 이 얼마나 소박한 어머니의 인
간적인 마음인가?

　아무리 훌륭한 정치가나 전쟁 영웅을 말할 때 그들의
위대한 업적을 ‘인간적’ 이라고 하지 않는다. 처칠이 의회
에 가기 위해 택시를 타려고 하니 택시 기사가 지금 곧 처
칠의 중요한 연설을 들어야 하므로 갈 수 없다고 했다. 기
분이 좋아진 처칠은 팁을 많이 주기로 하고 택시를 타고는

"처칠이 그렇게 유명한가" 하고 물었다. 그 기사의 대답은 "처칠의 연설이 뭐 중요합니까, 돈이 더 좋지요" 하였다. 지어낸 이야기라 해도 이 두 사람의 인간성과 인간적인 감정에 토를 달만한 것이 있을까?

나는 군에서 기합을 받을 때 좀 덜 아프기 위하여 엉덩이에 수건을 넣고 갔다. 그 때문에 더 맞았지만. 그런데 김구 선생은 왜경에 잡혀가서 고문을 받고 매를 맞을 때 일부러 속옷을 벗고 갔다고 한다. 좀더 아파야 독립에 대한 의지가 더욱 굳어지기 때문이라고 백범일지에 적었다. 나는 속임수를 쓰는 인간적이지 못한 사람인가?

사람에게는 본능이란 것이 있다. 이 본능을 부채질하는 것이 감성이고 이를 절제시키는 것이 이성이다. 우리는 흔히 감성으로 한 일을 두고 인간적이다, 아니다 또는 인간성이 어떻다고 말한다. 사실은 그렇지 않다. 참다운 인간적인 행위는 절제된 이성에 의해서 나타난다. 그 이성理性이 사랑에 바탕을 두고 있을 때 우리는 참으로 '인간적'이라고 할 수 있다. 톨스토이는 단편《사람은 무엇으로 사는가》에서 사랑으로 산다고 했다. 그리고 사랑이 있는 곳에 신神도 있다고 하였다. 사랑은 모든 선善의 근본이다. 사랑은 곧 자비심慈悲心이다. 자비심은 남을 사랑함은 물론 더 나아가 남의 고통을 같이 하는 마음이다. 이 사랑에는 희생이 요구된다. 희생은 자기가 한 일에 대하여 보상을 바라지 않는다는 것을 전제한다. 이것이 무주상無住相이다. 즉 무엇을 의식하지 않고 하는 사랑을 말한다. 따라서 '인간적'이란 것은 지극히 단순하다. 자기나 상대방의 존재를 인식하지 않고 자기도 모르게 모든 사물에 대하여 그저 그렇게 있는 대로 한 행위 그 모두가 '인간적'인 것이 아니겠는가! 그러면 나는 어떤가? 나의 화두는 아직도 계속되고 있다.

가까이 있는 것의 소중함

얼마 전 대천에서 어떤 회합이 있었다. 이튿날 예상보다 일찍 회의가 끝나 나는 차를 대절해 국보가 넉 점이나 있는 보령의 성주사지聖住寺址를 돌아보고 왔다. 그래도 기차 시간이 남아 가판대에서 아주 얇은 잡지 한 권을 사서 보니 '아내가 사랑스러운 20가지 이유' 라는 글이 있었다. 뭐 그렇게 사랑스러운 것이 많은가 싶어 펼쳐보니 첫째 나의 아내는 키가 크다, 둘째 나의 아내는 예쁘다 등이 적혀 있었다. 나는 속으로 싱거운 사람 같으니 별걸 다 사랑한다 싶었다. 사랑한다면 전부를 사랑해야지 조목조목 따져 사랑한다면 그럼 나머지는 미

워한단 말인가. 이런 생각을 하다가 나의 아내는 어떤 것이 사랑스러운가 하는 생각과 동시에 문득 어제 집을 떠나올 때가 떠올랐다.

아침에 녹차 찻잔을 받으면서 찻잔에 무엇이 묻어 있는 것을 보고 나는 아내를 나무랐다. 아내는 이제 시력이 나빠져서 안경을 쓰지 않으면 잘 보이지 않는다고 하였다. 그래도 나는 찻잔은 무엇보다 깨끗해야 된다고만 하였다. 30여 년을 같이 살면서도 언제 눈이 나빠졌는지를 몰랐을 뿐만 아니라 설령 나빠졌다는 것을 알았어도 으레 그러려니 하면서 무심코 지냈을 것이다.

우리는 늘 가까이 있을 때는 그 존재에 대한 진정한 가치를 모른다. 아예 알려고 하지 않는다는 말이 더 옳을 지도 모른다. 그러면서 멀리 있는 것에서 늘 새로운 가치를 찾으려고 한다. 여기서 우리의 불행은 잉태된다. 우리가 가까이 있다는 것은 항상 상호 의존적임을 의미한다. 그래서 인간의 애증愛憎은 서로의 거리에 비례한다. 왜냐하면 이 거리는 늘 이해利害 관계에 대하여 대립되기 때문이다. 가까이 있는 것끼리 행복해지려면 서로를 이해理解하는 것을 바탕으로 삼아야 한다.

여기에 좋은 예가 있다. 공자가 제자들과 함께 길을 가

다가 길가에 말을 매어두고 잠시 쉬는 사이 줄이 풀린 말이 밭의 곡식을 뜯어먹었다. 밭주인이 말을 붙들고 돌려주지 않자 언변이 좋은 자공子貢이 가서 뭐라고 열심히 설명하였으나 도무지 말을 들어주지 않았다. 돌아온 자공은 저 농부가 무식해서 내 말을 이해하지 못한다고 하였다. 그때 이름도 모르는 한 선비가 자청해서 자기가 가보겠다고 하였다. 밭주인에게 몇 마디 말을 하자 순순히 말을 돌려주었다. 공자가 무어라고 했기에 그렇게 쉽게 돌려 주더냐고 물으니 "다른 말은 하지 않았고, 다만 당신이 동쪽 바닷가에 살고 내가 서쪽 산기슭에 살았다면 우리 말이 당신 밭의 곡식을 뜯어먹지 않았을 것이다"라고만 했다고 하였다. 선비가 한 말뜻은 가까이 있으면 서로 그럴 수 있으니 이해해 달라고 한 것이다. '멀리 있는 물은 불을 끌 수 없고, 입술이 없으면 이가 시리다'고 하였다.

내 발 밑에 있는 돌부리에 내 발이 차이기도 하지만 내 책상 위에 있는 촛불만이 내가 책을 읽을 수 있게 한다. 무엇이든 가까이 있을 때 진정한 가치를 가지는 것이다.

타고르는 《키탄잘리(神에의 頌歌)》에서 "신神은 어두컴컴한 성전 안에 있는 것이 아니라 농부가 굳은 땅을 파는 곳에, 길을 닦는 사람이 돌을 부수는 곳에 같이 계십니다. 뙤약볕 속이거나 소나기 속이거나 늘 그들과 함께 계신다”고 읊었다. 신까지도 우리와 가까이 있지 않고 멀리 떨어져 있으면 그 신은 이미 신의 가치를 상실한다. ‘근연近緣’이란 말이 있다. 우리가 무엇을 지극히 바라면 그 대상이 우리 곁에 나타난다는 것이다. 간절한 기도가 효험이 있는 것은 모두 그런 의미로 이해할 수 있다. 우리와 가까이 있는 모든 것은 이미 어떤 인연에 의해서 결정된 필연이라 할 수 있다. 우리는 우리의 만남에 대하여 보다 진지해질 필요가 있다. 나와 생각이 다른 모든 이웃이 결코 적이 될 수 없다. 보수와 진보도 마찬가지다.

오늘날 우리는 정신적 자양이 너무나 메마른 환경에서 살고 있다. 그것은 우리의 진정한 삶의 가치와 참된 행복을 가까운 곳에서 찾으려 하지 않기 때문이다. 가정에서는 가족 간에, 직장에서는 동료 간에, 한 마을에서는 이웃 간에, 한 국가에서는 서로 다른 집단 사이에 그 존재의 소중함을 서로 느낄 때 행복이 그곳에 숨어 있다는 것을 깨닫게 될 것이다. 우리는 다시 한번 내 주위를 둘러보자. 내 가까이에 누가 있는가를 보자. 그리고 그와 나의 거리를 셈하여 볼 필요가 있다.

절제節制의 미덕

아침 신문을 보다가 오늘의 운세 난이 눈에 띄어 내가 해당되는 곳을 보니 '언행에 조심하지 않으면 큰 오해를 받는다' 라고 씌어 있었다. 좀 꺼림칙한 생각이 들어 소심한 나는 그날은 사람을 만나는 것을 가급적 피하고 말을 조심하였다.

나는 사람이 살아가는 데 가장 어려운 것이 절제節制라고 생각한다. 오늘처럼 믿거나 말거나 하며 오락란에 실린 이 몇 자의 글을 보고도 나는 상당히 경계하였다. 그런데 아무도 충고하여 주지 않고 조심하도록 주의를 주는 장치가 없는 세상살이에서 우리는 자신도 모르는 사이에 어떤 경계를 넘어서게 된다. 다행히 인간에게는 이성理性이라는 것이 있어서 욕망에 따라가다가 어디쯤에서 자제하여야 하고 어느 선에서 멈추어 설 것을 조절하게 한다. 이 '멈추어 섬'을 아는 자를 우리는 지혜로운 사람이라 한다.

인간의 욕망이라는 것은 마치 천을 자르는 가위처럼 앞으로만 나아가고자 하는 속성이 있다. 특히 부富와 권력에 관한 한 그 욕망을 절제하는 데 대하여 누구도 장담할 수 없다. 그래서 옛날부터 '지나친 것은 모자람만 못하다' 또는 '지닌 것을 다 채우는 것은 때에 그침만 못하다'라고 절제를 당부하였다. 그러나 그것을 지키기가 참으로 어렵다.

얼마 전 인기리에 끝난 TV연속극 '상도商道'에 나오는 임상옥林相玉은 계영배戒盈盃의 교훈을 철저히 지킨 사람이다. 상인은 부의 축적이 제일 덕목이지만 잔이 차면 넘친다는 진리를 아는 그는 정당하게 모은 재산도 나누어주기를 즐겼고 인재를 키우는 데 더욱 힘을 쏟았다. 그는 오늘날까지 상인으로서 드물게 존경을 받고 있다.

나의 어릴 때 경험이 생각난다. 중학교 2학년 때인가 싶은데 외지에서 학교에 다니다가 토요일에는 고향에 간다. 그때 읍에서 마지막 버스를 타면 각지에서 온 친구들

염 춤

을 모두 만난다. 우리 마을은 버스 정류장과는 개울 두 개를 건너야 하는 먼 거리에 있었다. 그날도 버스에서 내리니 이미 어둑어둑한 저녁 무렵이었는데 개울가에 가니 사과를 가득 넣은 가마니가 강둑에 쌓여 있었다. 그때 누가 한 개 꺼내어 먹자 하면서 억지로 아궁이를 벌려 겨우 한 개를 끄집어내었다. 이때 7~8명이나 되는 아이들이 모두들 달려들어 한 개씩 꺼내었다. 그런데 한 친구가 주머니와 가방에 사과를 더 넣고 있는 것을 보고 모두들 우우 몰려가서 서로 더 가지려고 다투느라 모두들 정신이 없었다.

그때 나는 집에 사과밭이 있어 한 개만 들고 서 있었는데 멀리 보니 사과 주인인 듯한 사람이 어떤 젊은이와 함께 뛰어오는 것이 보여 "주인 온다!" 하고 소릴 질렀다. 모두들 혼비백산하여 사방으로 달아났다. 결국 가방에 많이 넣은 두 친구가 사과의 무게 때문에 멀리 달아나지 못하고 붙잡혔다. 한 개라도 남의 것을 허락 없이 가지는 것은 도둑이라는 것과 어느 선에서 끝내야 한다는 절제의 미를 어린 것들이 몰랐던 것이다. 나는 그후 사과 훔친 것의 잘못은 뉘우치지 않고 그때 한 개씩만 가지고 갔으면 아무 탈이 없었을 것을 하는 아쉬움만 남아 있었다.

우리 나라의 선비 정신이나 유교 이념은 어떻게 보면

'절제의 철학'을 농축한 것이라고 나는 생각해 왔다. 나무에 잘 올라가는 사람은 나무에서 떨어져 죽고, 헤엄을 잘 치는 사람은 물에 빠져 죽는다는 말이 있다. 이것은 모험에 대한 도전을 막는 소극적이고 보수적인 생각으로 보이지만 실제는 잘 한다고 자기 분수를 모르고 날뛰지 말라는 뜻이 더 강하게 담겨져 있다고 본다.

새로운 것에 대한 호기심을 가지는 것과 새로운 문제에 도전하는 개척정신과 절제는 전혀 다른 개념이다. 정당한 모험과 도전을 억제하는 것이 절제가 아니다. 오히려 그 반대다. 깊이를 모르는 강을 건널 때 강 건너기는 도전이고, 막대기로 발 앞의 깊이를 더듬어 보고 도저히 건널 수 없으면 그만 두는 것이 절제다.

절제는 각 개인에게도 물론 필요하지만 남의 앞에 선 지도자에게는 더욱 필요한 덕목이다. 지도자 한 사람의 절제는 만인의 방종을 예방한다. 앞에 선 한 사람의 무절제한 언행은 수많은 사람을 불안하게 하고, 질서를 어지럽히고, 가치관의 혼란을 초래한다.

영화 '글래디에이터(검투사劍鬪士)'는 전성기의 로마가 한창 영토 확장에 열을 올리는 시기에 권력 다툼을 하는 내용이다. 이때 황제인 마르쿠스 아우렐리우스는 그의 후

계자가 될 아들 코모두스에게 황제로서 갖추어야 할 네 가지 덕목 즉 지혜, 정의, 용맹 그리고 절제를 일러 주었다. 코모두스는 이 네 가지가 자기에게는 하나도 맞는 것이 없고 특히 절제는 더욱 맞지 않는다고 말한다. 한편 황제는 총사령관인 막시무스에게 전쟁에서 승리한 장군의 공로를 무엇으로 치하해 줄까 하고 묻는다. 막시무스는 그저 "고향에 보내주십시오"라고 했다. 이때 황제는 장군 막시무스에게 자기 뒤를 이을 것을 부탁한다. 이를 눈치챈 코모두스는 그 분노를 참지(절제) 못하고 부왕을 죽이고 스스로 황제가 되나 결국 막시무스의 칼에 죽게 된다. 물론 막시무스도 죽는다.

절제는 결국 자기와의 싸움이다. 최후의 승리자는 자기와의 싸움에서 이긴 자라고 하지 않았던가! 절제는 인내를 먹고 자란다. 자기를 이기는 것이 얼마나 어려운가를 한번 보자.

힌두교의 최고 경전인 동시에 세계 최대 서사시로 알려진 《바가바드 기타(거룩한 자의 노래)》는 종족 간에 생사를 가름할 전투에 앞서 승리를 다짐하는 것으로 되어 있지만 이 적敵은 가상적인 것이고, 사실은 자기 내면에 존재하는 선과 악에 대한 투쟁을 읊은 것이라 한다. 즉 인간의 내면에서 일어나는 갈등과 모순을 극복하고자 하는 치열한 구도의 길을 제시한 것이다. 나 자신도 내면과의 싸움에서 이긴 것보다 진 적이 더 많다고 생각한다. 그때는 늘 적당한 이유를 붙여서 합리화시키고 정당화시킴으로써 위로를 삼고자 했다.

나이 70이 되어서야 마음대로 해도 사회 규범에 저촉되지 않게 되었다고 하는 옛말이 있는데, 하물며 나 같은 범부들이야 자기 내면에서 발악하는 욕망을 이길 방법이 마땅치가 않다. 욕망은 그래도 욕심보다는 낫다. 욕망은 자기가 하고자 하는 일을 이루고자 하는 마음이라면, 욕심은 무엇이든지 모두를 갖고자 하는 마음이다. 따라서 절제의 브레이크 페달을 힘껏 밟아서 우선 욕심의 싹을 자르고 다음으로 욕망의 불꽃을 줄여야 한다.

아무리 잘 달리는 말이라도 바닷가에 이르면 멈추어 서게 되고, 아무리 잘 나는 새라 해도 허공을 벗어나지 못한다고 읊은 시가 있다. 우리의 삶에는 언제나 한계가 있다. 이 한계를 넘어서지 않으려는 것이 절제하는 마음이다. 이 절제를 시험하는 것이 의지력意志力이다. 이 의지력으로 잘 다스려진 절제된 사람은 후회하는 일이 적고, 근심과 두려움을 만들지 않으며, 낮춤으로써 높임을 받을 수 있다. 그리고 무엇보다 자신의 마음에 평안을 얻을 수 있다.

　요즈음과 같이 제멋대로인 세상에 우리가 가져야 할 오직 한 가지 덕목은 모두가 절제의 미덕을 바로 아는 것이 아닐까 하는 생각이 든다.

찬 물 에　　얼 굴 을　　씻 고

찬물에 얼굴을 씻고

새해 아침 나는 새벽 일찍 일어나서 집 가까이에 있는 뒷산의 형제봉에 올랐다. 해맞이를 하기 위해서다. 새로운 천 년이 시작된다는 소위 '밀레니엄'의 해이다. 그래서 집에 가만히 있으려니 좀 허전한 마음이 들어 나섰던 것이다. 이미 많은 사람들이 와서 웅성거리고 있었다. 그러나 여느 날과는 달리 모두가 상기된 표정을 하고 있었다. 산 위의 낮은 구름으로 인하여 예정 시각을 넘겨 붉은 기운이 구름을 물들이고 난 후 일출이 시작되었다.

떠오르는 해를 보자 숙연히 바라다만 보는 사람, 무어

라 기도하는 사람, 허리 굽혀 절을 하는 사람, 그 가운데서도 소리 지르는 사람 등등 모두 각양각색으로 해맞이를 하였다. 나는 망연히 그 장엄한 광경을 묵묵히 바라다만 보았다. 순간 아무 생각이 없었다.

산에서 내려와 아침을 먹고 등산 겸해서 다시 갓바위에 올랐다. 예상대로 인산인해 속에서 겨우 정상에 도달했는데 이미 발 디딜 틈도 없었다. 나는 서서 삼배三拜를 하고 주위를 돌아보니 너무나 간절한 몸짓으로 무엇인가 엎드려 기도를 드리고 있는 사람이 많았다. 나는 그 광경을 보니 갑자기 코끝이 찡하고 눈물이 핑 돌았다. 모두들 무슨 소망이 저렇게 많을까? 정말 인간은 나약한 것인가? 왜 소원들이 속 시원히 이루어지지 못하는가? 그런 생각을 하면서 나는 '이들의 소원이 모두 이루어지게 하여 주십시오' 하고 마음속으로 빌었다. 그러면서 나도 나의 소원을 생각해 보았다. 가족들의 건강, 미성년 자식들의 결혼, 손자 얻기 등등이 떠올랐으나 그 중 가장 중요한 것이 무엇인가 하는 물음도 들었다. 나는 순서를 정할 수 없었다. 그렇다고 모두를 소원하기에는 너무 욕심이 많다는 생각이 들었다. 그래서 그냥 내려왔다.

한 해가 가고 또 한 해가 왔다. 사실 해가 바뀐다 해도

긴 시간의 연속성에는 아무런 매듭이 없다. 다만 인간이 그렇게 시간이라는 개념을 만들어 넣었을 뿐이다. 그러나 아무리 인위적이라 해도 어느 한 시대를 끝내고 또 새로운 시간을 시작한다는 것은 어떤 의미로는 매우 중요하다. 그 것은 우리가 새로운 희망과 또 다른 가능성을 기대할 수 있기 때문이다.

나는 새해에 소망해 본다. 한 겨울 개울에 가서 얼음을 깨고 찬물에 얼굴을 씻고 난 다음의 그 맑은 마음으로 한 해를 살 수 있기를, 그 상쾌한 기분으로 사람을 만날 수 있기를, 보다 더 진지하고 겸손해지기를, 오만과 편견이 없기를, 그리고 나의 주위에 있는 모든 사람들도 모두 그렇게 되기를 빌어본다.

내가 좋아하는 말

우리는 행복을 매우 단순화시킬 필요가 있다. 그 방법은 자기가 하고자 하는 일이 이루어지도록 노력하는 과정을 즐기는 데 만족하면 되는 것이다. 사람이 살아가면서 진정으로 존경할 수 있는 대상이 있다든지, 어떤 글의 한 구절, 누구의 말 한마디가 가슴에 와 닿아서 그것을 평생 생활의 지침으로 삼을 수 있다면 그 사람은 행복한 사람이다. 또 어떤 사람의 몸가짐을 보고 좋은 것을 본으로 하여 따르고, 나쁜 것은 그렇게 하지 않도록 경계하는 마음을 가지려고 하는 사람은 반드시 그렇게 되지는 못해도 그 사람은 정신적으로 행복하고 건강한 사람이라고 할 수 있다.

　집집마다 가훈이 있고, 개인에게는 좌우명이 있다. 특히 좌우명에는 경계警戒를 뜻하는 내용이 많다. 우리 집에도 성실誠實, 건강健康, 해인海印과 같은 가훈과 좌우명으로 항심恒心을 지어 놓기는 했으나 이를 지키지 못하여 구두선口頭禪에 지나지 않았다. 그리고 어떤 삶이 진정 훌륭한 삶인가 하는 문제에 대하여 사색도 하였다.

　그런 가운데 요즘 우연히 나를 약간 흥분시키는 말이 생각났다. 그것은 '떳떳하다' 라는 형용사다. 아! 떳떳한 삶. 그 얼마나 멋진 말인가. 흔히 말하는 '당당한', '훌륭한', '명예로운' 이라는 말과는 그 풍기는 뉘앙스가 다르다. 천재 애국시인 윤동주도 서시序詩에서 '하늘을 우러러 한 점 부끄럼이 없기를…' 이라고 노래했다. 즉 떳떳한 삶이 되기를 바랐던 것이다.

　그러면 떳떳한 삶은 어떻게 해야 하는가? 나는 생각하기를 먼저 사심私心이 없어야 한다고 본다. '사私' 와 '사邪' 는 비슷한 뜻으로 '사사로운', '간사한' 또는 '속이다' 의 내용이 들어있다. 마음으로 남을 속이고는 떳떳할 수 없다. 그래서 공자도 시詩 삼백편三百篇을 한마디로 말하면 사무사思無邪, 즉 '마음에 조금도 사특함이 없는 것' 이라고

하지 않았는가? 사사로움이 없다는 것은 모든 생각을 보편 타당하게 하는 것을 의미한다. 이것은 먼저 자신에게 떳떳해야 한다는 뜻이기도 하다.

사실 말이 쉬워 떳떳하게 산다고 하지만 이를 위해서는 무서운 인내와 참 용기가 필요하며 많은 유혹을 이겨야 한다. 그리고 오해를 구태여 해명하지 않는 굳은 의지를 지녀야 하고 자기가 한 말과 행위에 대하여 자신自信이 있어야 한다. 그러니 참으로 어려운 것이다. 나는 여기서 사심이 없으면 얼마나 떳떳한가에 대하여《여씨춘추呂氏春秋》에 나오는 고사 하나를 소개하고자 한다.

중국 춘추시대 진晋의 대부大夫로 있던 기해祁奚가 늙어 물러날 것을 원했다. 그때 왕인 도공悼公이 "지금 군위軍尉 자리가 비었으니 누가 그 자리를 맡았으면 좋겠소?"하고 물었다. 기해가 "해호解狐가 좋겠습니다"라고 하였다. 도공이 놀라면서 말하기를 "해호는 그대의 원수가 아니오?" 하였다. 기해가 대답하기를 "왕께서 누가 그 직책을 맡았으면 좋겠느냐고 물으셨지, 누가 저의 원수인 지를 묻지 않으셨습니다"라고 하였다. 도공이 "훌륭하도다"라고 하고는 해호를 그 자리에 기용하였다. 모든 백성이 잘한 일이라고 칭찬하였다.

얼마 후 도공이 또 "군위 자리가 비었으니 누가 좋겠소"하고 물었다. 이번에는 기해가 "오누가 좋겠습니다"라고 하였다. 도공이 더욱 놀라는 표정으로 "오는 그대의 아들이 아니오"라고 하였다. 기해가 "임금께서는 누가 좋겠느냐고 물으셨지, 저의 아들이 누구냐고 묻지 않으셨습니다"라고 대답하였다. 도공이 "훌륭하다"라고 말하고는 마침내 오누를 등용하였다. 또 모든 백성들이 참으로 잘되었다고 칭찬하였다. 사람을 천거함에 있어서 그것도 군 최고 지휘자를 추천하는데 자기의 원수도 개의치 않고 자기 아들도 피하지 않는다는 것은 자기의 행위에 얼마나 자신을 가졌으면 가능한 일이겠는가? 이 모두가 사심이 없는 데서 오는 떳떳한 마음이 있기에 가능한 것이다.

한번은 수업 시간에 무슨 이야기 끝에 졸업생이 나에게 선물한 몽블랑 볼펜을 자랑하였다. 그 학생은 학교 다닐 때 전공 공부는 잘 못하였지만 영어 공부를 열심히 한 탓으로 무역업에 성공해서 이런 좋은 물건을 선물했다고 하는 설명을 덧붙였다. 그후 동료 교수들이 모여 잡담을 하는 가운데 그 볼펜을 보이면서 학생들에게 그들의 선배로부터 받은 선물이라고 자랑한 이야기를 하였다. 그랬더니 한 교수가 학생들에게 선물 좋아하는 사람으로 오해를 받지 않겠는가 하면서 걱정스러운 표정을 하였다. 그래서 "아, 그런 걱정이 있으면 어찌 그 이야기를 하겠습니까?"라고 대수롭지 않게 말했다. 내가 떳떳하니 그런 오해를 할까 하는 걱정을 아예 생각하지도 않았다.

우리 나라는 예부터 선비정신이라는 것이 있다. 선비의 제일 덕목은 자기 수양이다. 그러고 난 후 자기가 맡은 일에 충실하고 자신을 경계하는 일이다. 그래서 어느 선비는 평생을 자기 허리춤에 방울을 달고 다니며 걸을 때마다 딸랑딸랑하는 그 방울소리를 들으면서 내가 혹시 잘못하는 것이 없는가를 생각하였다고 한다.

나는 차 뒷 유리창에 '맑고 향기롭게' 스티커를 붙이고 다닌다. 그 이유는 물론 맑고 향기롭게 모임을 알리는 뜻도 있지만 무엇보다 내 뒤를 따라오는 운전자가 그것을 보고 '아, 저 사람은 저 모임과 관련이 있구나' 하고 생각할 것이고, '맑고 향기롭게 살기를 바라는 사람이구나' 라고 짐작하게끔 하기 위해서다. 그런데 내가 교통위반을 마구 하면서 운전을 하였다고 하자. 그러면 내 뒷 차에 탄 사람이 생각하기를 '이 자식, 스티커를 붙이고 다니지나 말지' 하면서 비웃을 것이 아니겠는가. 내가 스티커를 붙이고 다니는 것은 그런 욕을 먹지 않으려면 운전을 조심해야 한다고 스스로에게 하는 경종의 의미가 더 깊다.

나는 오늘도 오스카 와일드의 말처럼 내가 관객이 되어서 나의 무대를 바라보고자 노력한다. 그리고 관객이 무대를 평가하는 소리를 듣듯이 내 양심의 소리를 들으려고 힘쓴다. 조금이라도 떳떳해지려고.

샤일록을 위한 변명

오랜만에 아내와 함께 대구시립극단에서 공연하는 '베니스의 상인'을 관람하였다. 이 극의 상세한 줄거리는 이미 다 잊어 버렸지만 유태인으로 지독한 고리대금업자인 샤일록이 그의 부채를 약속기일 내에 갚지 못하는 대가로 계약서에 적힌 대로 사람 살 한 파운드(453.5g)를, 그것도 심장 가까운 곳에서 베어내야겠다고 고집하는데 이를 못하게 하는 명 판결은 모두가 잘 아는 사실이다.

평론가들은 이 희곡戲曲을 낭만적 희극戲劇이라고 하나 나는 평소 흔히 보는 권선징악勸善懲惡의 극이라고만 생각

하고 있었다. 그래서 나는 우리 극단이 이 극을 어떻게 해석하고 있는 지와 샤일록 역을 얼마만큼 소화하여 리얼하게 그 야비하고 잔인하며 흉악한 인간으로 묘사할 수 있을까를 생각하며 초조하게 막이 올라가기를 기다리고 있었다.

그런데 사실 알고 보면 샤일록은 고리대금업이 자기 직업이다. 이 극이 쓰여진 동기가 다분히 종교와 인종의 비하卑下에 있다고는 하지만 앤토니오가 샤일록을 모멸하고 멸시한 언동을 보면 샤일록으로서는 그렇게 되지 않을 수 없었다. 앤토니오뿐만 아니라 베니스 사람들은 말을 할 때마다 "빌어먹을, 개새끼 같은, 지독한 혹은 악마 같은 유태인 놈"이라고 한다.

자, 그러면 샤일록의 독백을 들어보자 "그 자식(밧사니오의 빚 보증을 선 앤토니오)은 날 모욕하고, 내가 손해를 보면 비웃고, 이익을 보면 조롱했지. 우리 민족(유태인)을 멸시하고 내 거래(고리대금업)를 방해 놓았겠다. 또 친구를 떼어놓고 원수를 충동질했지. … 도대체 무슨 까닭에? 내가 유태인이기 때문이지. 그래 유태인은 눈이 없나? 손이 없나? … (기독교인과) 같은 병에 걸리고, 같은 약으로 낫지! 어디가 예수쟁이들과 다르단 말인가?"

찬 물 에　얼 굴 을　씻 고

이렇게 되면 모든 것이 증오심으로 뭉치게 된다. 유태인이 가지게 된 이 증오들은 모두가 베니스 사람들의 편견에서 나온 것이다. 이 편견은 흔히 말하는 분별심分別心이다. 누구에 대하여 차별을 갖게 되면 반드시 그 상대로부터 원한을 사게 되고 원한은 저주를 낳게 된다. 그리고 저주는 모두를 파멸로 이끈다. 원한에 찬 샤일록은 평소 저주하던 앤토니오의 살 한 파운드 대신 원금 3,000냥의 3배 아니 10배 이상의 배상을 하겠다고 해도 마다했다. 그러면 이런 샤일록을 나무랄 것인가? 그 원인 제공자가 누구인데. 그래서 옛말에 "원수와 원한을 맺지 말라. 길 좁은 곳에서 만나면 피하기 어렵다"고 했지 않은가. 나는 샤일록의 심정을 충분히 이해 할 수 있다.

나는 지난 여름에 한나절 베네치아(베니스)를 방문한 적이 있다. 들은 바 대로 좁은 골목, 미로같이 얼킨 수로, 작은 창문에 덧문까지 단 건물들을 보며 날씨가 흐리다든지 바람이 불고 비라도 오는 날이면 얼마나 음산할까 하는 생각이 들었다. 그런 음침한 분위기에서는 음모와 저주, 속임수가 난무하는 것은 어쩌면 당연한 것이라고 생각 되었다. 그러니 샤일록도 이런 분위기의 한 희생자가 아니겠는가?

아침은 온다

한 해가 또 가 버렸다. 뭇
사람의 그 많은 소원과 아쉬움을 뒤로하고 속절없이 가버
렸다. 모든 것을 오는 해의 몫으로 남겨두고 한번 미안하
다는 말이나 멋쩍은 웃음도 없이 사라졌다. 우리는 그저
원망 어린 눈으로 바라볼 뿐이었다. 사실 우리 역시 지난
해는 붙잡아두고 싶은 마음이 별로 없었을 뿐만 아니라 속
으로 어서 보내고 싶은 한 해였다. 그러니 지난해는 우리
가 보내 버렸다고 하는 것이 더 맞을지 모른다.

우리는 지금 폭풍우를 만나 심하게 흔들리는 배를 타고
있는 기분이다. 새해에는 어서 바람이 멎고 훌륭한 선장이

안전한 항구로 데려가서 내려주길 바라고 있다.

해(年)가 바뀐다는 것은 사실 인간이 만들어낸 하나의 시간 매듭에 불과한 것이다. 그러나 우리는 이 한 매듭의 변화에 많은 희망을 걸고 있다. 미래라는 것은 항상 사람들에게 마음 설레게 하는 말이다. 우리에게 가장 가까운 미래는 내일이다. 내일이 있음으로써 오늘의 가치가 존재한다. 그 내일은 행복한 사람에게나 슬픈 사람을 구별하지 않고 약속되어 있다. 누가 나에게 내일이 정말 있는가라고 물으면 나는 단연코 그렇다고 대답할 것이다. 그런데 어느 바라문이 세존께 "세상은 항상 존재합니까, 존재하지 않습니까. 또 존재하기도 하고 존재하지 않기도 합니까?"라고 물었다. 그때 세존은 아무 말씀을 하지 않으셨다. 이것을 소위 무기無記라고 한다. 어떻게 대답해도 정답이 아니고, 또 대답을 할 필요가 없을 때 말하지 않는 것이다. 설사 세상이 항상 존재한다고 말하였다 해도 다음에 오는 세상은 말하는 그 시점의 세상과는 다른 세상이 있을 뿐인데 그 변화된 세상을 일일이 설명하는 것은 불가능하다.

그런데 왜 나는 내일이 있다고 말하는가! 내일, 그것은 우리에게 희망이기 때문이다. 그 내일은 냉정하게도 나에게 절망밖에 없다고 생각하는 사람에게도 밤은 찾아오고 밤이 지나면 내일이 밝아온다.

근대 중국의 문호 루쉰(노신魯迅)의 단편《내일來日》을 보면 실감할 수 있다. 무지한 시골 여인 딴스사오쓰는 일찍 남편을 여의고 길쌈으로 근근이 생계를 유지해 간다. 그녀의 희망은 하나뿐인 세 살짜리 아들 빠오얼을 잘 키우는 데 있었다. 그러나 그 아들이 병을 얻어 온갖 약을 다 써봐도 효험 없이 죽었다. 관 속에 들어있는 아들을 방안에 두고 어머니는 "빠오얼! 네게 혼이 있으면 꿈에라도 나타나다오"라고 외친다. 그러면서 그녀는 잠이 든다. 이 여인에게 내일이 무슨 소용이 있으며 내일의 일을 물어 무엇하겠는가? 그러나 어두운 밤은 내일을 향해 정적 속으로 한없이 달려간다고 했다.

사람의 가장 무서운 힘은 그 내일이 어떤 것이든 견디어 낸다는 것이다. 인간이 모질다는 것은 악한 일도 스스럼없이 할 수 있다는 뜻이기도 하지만 또 어려운 현실을 잘 극복할 수 있다는 뜻도 있다. 앞의 어머니 딴스도 내일을 이겨낼 것이다. 오늘날이 아무리 혼란스럽고 분열되어 있어도 그 언젠가는 질서 있고 화합된 그 내일이 있을 거라고 우리는 믿고 있다. 그래서 지금의 모든 어려움은 그 내일이 온다는 징조로 생각해도 좋지 않겠는가?

　19세기 영국의 진보적 시인 쉘리(Percy B. Shelly)의 '서풍에 붙이는 노래'라는 긴 시에 이렇게 읊고 있다. "오 거친 서풍이여! 가을의 숨결인 너"로 시작해서 끝에는 "예언의 나팔소리! 오 너 서풍이여. 만일 겨울이 온다면 봄 또한 멀지 않으리(The trumpet of a prophecy! O Wind, If Winter Comes, Can Spring be far behind)"라고 했다.

　겨울에 영국 서북 대서양에서 불어오는 모진 바람은 악마의 울음소리 같다고 한다. 에밀리 브론테의 소설《폭풍의 언덕》을 보면 그 바람이 잘 묘사되어 있다. 그 세찬 바람소리를 봄이 오는 신호로 보는 것이 얼마나 희망적이며 긍정적인 사고인가? 우리가 내일에 대하여 희망을 가질 때 그 내일은 희망이 꽃피는 나무를 싣고 온다. 그 내일의 희망은 바로 행복한 삶이다. 이 행복이란 것도 그렇다. 사람에 따라서 행복의 개념이 다르고 추구하는 행복의 조건도 다를 뿐만 아니라 행복의 기준이 바뀐다는 사실이다.

　영국의 언어학자인 헬레나 노르베리-호지 여사가 인도의 오지 중의 오지인 라다크에서 16년간 살면서 경험한 것, 즉 현대 서구의 물질문명이 역사가 긴 한 전통 사회의 아름다운 문화와

인간 심성을 어떻게 무너뜨리는가를 생생하게 보고한 《오래된 미래》를 보면 행복의 기준이 뭔가에 대하여 의심을 갖게 한다. 사람이 살기에 너무나 나쁜 조건인 히말라야 고원지대에 살고 있는 라다크 사람들이 묻는다. "모든 사람이 우리처럼 행복하지 않단 말입니까?" 또 "여기(라다크)서는 가난 같은 건 없어요(1975년)"라고 하던 그 사람들이 8년이 지난 1983년에는 "당신들이 우리 라다크 사람들을 좀 도와 줄 수 있으면 좋겠어요. 우린 너무 가난해요"라고 한다.

인간만큼 간사한 것도 없다. 순박하고 세상에 악이라는 것을 모르던 그 사람들도 물질의 풍요 앞에서는 궁핍은 할 말을 잃게 되는 것이다. 그들이 옛날처럼 그렇게 살았으면 아주 행복한 삶을 이어갈 수 있었을 것이고 죽음 또한 자연의 섭리로 생각하며 맞이할 수 있었을 것이다. 그러나 개방으로 밀려든 물질 문명 앞에 라다크 사람들은 행복의 가치나 기준에도 변화가 온 것이다. 내일은 또 인간을 이렇게 변하게 만든다. 라다크 사람들의 내일은 아무도 예측할 수 없다. 그들의 미래는 오직 라다크 사람들의 지혜가 내일을 어떻게 맞이하는가에 달려 있을 뿐이다.

구약성서인 〈이사야 서書〉 '에돔의 척후斥候의 노래'에 이런 대목이 있다. "척후여! 아직도 밤은 얼마나 긴가(남았는가)?" 척후자는 말한다. "아침은 온다. 그러나 아직은 밤이다"라고. 오늘날 우리는 지금 어두운 밤길을 걷고 있는 기분이다. 그러나 반드시 아침은 오고야 말고 해가 뜬다. 우리는 새해를 맞이하여 새로운 아침을 맞이할 준비를 해야겠다. 그래서 아름다운 내일이 되도록 모두의 지혜를 모을 때이다. 그 길은 각자의 탐욕을 조금씩 줄이고 남을 배척하지 말며 화합하는 데 있다고 나는 믿고 있다.

찬 물 에   얼 굴 을   씻 고

선근善根을 심자

나는 대학을 다닐 때 한 친구를 사귀었다. 우리는 술친구가 아니라 만나면 늘 종교나 철학 같은 인생문제에 대하여 많은 토론을 하는 그런 사이였다. 나는 그 친구의 상대가 되기 위하여 일부러 책을 읽어야 했다. 특히 그 친구의 사상과 반대되는 책을 찾아 읽었다. 그 친구는 사회학을 전공하였고 아주 독실한 기독교 신자로 지금도 정년퇴임 후 열심히 교회 일을 보고 있지만 그때 벌써 시골 교회에서 설교를 할 정도였다. 그러니 나는 처음부터 종교는 물론 사회 사상에 대해서는 토론의 상대가 되지 않았다. 그 친구는 여러 번 나에게 교회에 나가도록 권유하였다. 나는 그의 뜻을 따르지 못하였다. 그 이유는 어머니께서 절에 다니셨기도 하였지만 그때 한창 유행이던 무신론적 실존주의 철학에 심취하여 나름대로의 세계관을 가지고 있었기 때문이다.

한번은 그 친구가 나에게 이렇게 물었다. "너는 일요일에 뭐 하노?" "그야 뭐 주로 놀지. 때로는 공부도 하지만…" 그랬더니 그 친구 말이 "나는 주일마다 교회에 가서 기도를 한다. 왜냐하면 천당에 가기 위해서다. 희돈이 너한번 생각해봐라. 천당이 있다고 하면 나는 죽어서 천당에 갈 수 있다. 그런데 너는 어떻게 되겠나? 정말로 하늘과 땅차이다. 만일 천당이 없다고 해도 본전이다. 일요일에 놀지 못한 것이 손해라면 손해다. 너 어떻게 생각 하나?" 나중에 알고 보니 이 말은 파스칼이 친구에게 한 말이었다. 그 친구가 스스로 생각한 것인지, 어디서 읽고 한 말인지 또는 목사님의 설교를 듣고 한 것인지는 모르지만 하여튼 나는 순간 당황하였다. 그러나 나는 이렇게 대답했다. "그렇게 말하니 그럴 수 있다고 생각된다. 그런데 예수교는 천주교와 개신교를 비롯하여 그 종파가 많다. 그 가운데 하느님께서 인정하는 적자嫡子는 하나뿐일 것이고 그 나머지는 모두 이단일 것이다. 만일 이단을 믿는다면 안 믿는

것보다 못할 것이다. 나는 어느 것이 적자인지를 알 수 없다.” 하여튼 이런 식의 괘변으로 어물쩍 넘긴 적이 있다.

지금에 와서 그때를 회상하는 것은 대화 내용에 특별한 의미를 부여하고자 함이 아니라 우리의 설익은 지식으로 나눈 치졸한 대화가 옳고 그른 것은 그만두고 시골의 젊은 이가 자기들 삶에 대하여 진지하게 생각하며 고민하고 있었다는 것을 말하고자 함이다. 사실 우리는 자기의 삶에 조그만 여유가 있어도 그것으로 만족한다.《수타니파타》에 목부牧夫 ‘드하니야’ 가 하는 말을 들어보자.

“나는 이미 밥도 지었고, 우유도 짜 놓았습니다. 마히 강변에서 처자와 함께 살고 있습니다. 내 거처는 지붕이 덮어져 있고 불도 피워져 있습니다. 그러니 천신天神이여, 비를 내리시려거든 내리소서.”

이 얼마나 소박한 자기만족인가. 드하니야는 생각했을 것이다. 세상이야 어떻게 되든 나는 알 바 아니라고. 오늘 우리는 모두 이런 생각을 가지고 있는지도 모른다. 그런데 이러한 삶은 그대로 한 생의 만족한 끝남은 있을지 몰라도 영혼의 불을 밝히지는 못한다. 종교는 영혼의 불을 밝히는 한 도구다. 그래서 영혼에 점화를 시키기 위하여 요즈음 여러 종교에서 여러 가지 방법으로 그들의 교리를 가르치고 있다. 친구의 말처럼 미래를 준비하기 위하여 기도하고 배운다는 것은 얼마나 아름다운 일인가. 그런데 가르치는 사람도 그렇지만 배우는 사람도 마찬가지로 그 배운 것의 진정한 의미가 무엇인가를 알지 못하고 더욱이 실천이 뒤따르지 않다는 데 문제가 있다.

내가 아는 어느 노인은 법회에 가면 늘 한쪽 구석에 그것도 기둥 때문에 앞이 안 보여 다른 사람이 모두 그 자리를 피하는 곳에만 앉는다. 그래서 내가 앞으로 가시라고 하면 끝까지 사양한다. 그 이유를 물으니 남을 위하여 양보하면 좋다고 배웠는데 자기가 여기에 와서 남을 위하여 할 수 있는 것은 그것뿐이기 때문이라고 하였다.

한번은 어떤 모임에서 문화답사를 갔다. 찾아간 곳에서 점심을 잘 대접받고 너무 미안해서 한 회원이 그릇을 씻어주자고 하였다. 그때 옆에 듣고 있던 한 회원이 "그냥 갑시다. 그래야 그릇 씻는 사람이 우리 때문에 공덕을 지을 수 있으니까요"라고 말했다. 나는 아연실색하였다. 배운 것이 탈이구나 싶었다. 부처님도 눈이 어두운 어느 보살의 바늘에 실을 꿰어줌으로써 더 많은 공덕을 쌓으려고 하지 않았는가! 그런데 하물며 우리가 당연히 해야 할 일을 하지 않고 남에게 미룸으로써 남에게 공덕을 쌓게 하는 기회를 준다고 하는 것은 아무리 봐도 무엇을 잘못 배운 것으로 생각되었다.

우리가 알아야 할 한 가지 분명한 사실은 모든 것을 남에게 양보할 수 있어도 내가 할 수 있는 선행은 자신이 하는 것이 도리이고 당연한 것이다. 넝마주이가 넝마를 주워 담듯이 어떤 선행이라도 선행이란 선행은 모두 내가 실천해야 한다.

이 글을 쓰면서도 나는 어떤 선행을 하여 그 공덕을 쌓고 있는지를 물어 본다. 그러나 별로 없는 것 같다. 그런데 한 가지 생각나는 것이 있다. 한번은 시내를 걸어가는데 약간 안면이 있는 듯한 사람이 나에게 일부러 달려와서 아무개 아니냐고 물었다. 그렇다니까 너무나 반가워하면서 하는 말이 논산훈련소에서 나에게 큰 은혜를 입었는데 그 보답을 하지 못하여 나를 늘 생각하였다고 하였다. 나는 누구인지도 잘 모를 뿐만 아니라 어떤 도움을 주었는지도 기억에 없었다. 내가 훈련소 조교로 있을 때 신병들에게 친절하게 대하려고 애썼고 애로사항을 해결해 주려고 노력한 것은 기억에 남아 있다. 누구에게 어떤 일을 했는지는 전연 모른다. 그런데 이분은 그때의 고마움을 마음 속에 가지고 있으면서 늘 나에게 고마운 염파念波를 보냈던 것 같다. 잊어버린 조그만 선행도 이렇게 어딘가에 반드시 각인되어 있는데 하물며 악행이야 말해 무엇하랴.

나에게 공덕을 지을 수 있는 기회가 왔다는 것은 내가 그만큼 복 받은 사람이라 할 수 있다. 그러나 우리는 늘 그것을 외면한다. 우리가 바라는 복福은 우리가 심은 선근善根에서만 돋아 나온다. 그러나 많은 사람들은 그 뿌리를 심지 않고 열매인 행복만 오기를 기다린다.

나는 여기서 작가 미상의 외국 시 한편을 소개하고자 한다. 화란이라고 하면 우리는 꽃의 나라라고 알고 있듯이 그 나라는 첨단 농업기술을 자랑한다. 이 화란에 와게니겐이라는 농과대학이 있는데 여기서는 매년 국제농업기술 교육을 하므로 많은 외국 학생이 찾아온다. 그 대학 강당 앞에는 다음과 같은 시비가 서 있다.

꿈속에서 나는 어느 가게에 들어갔습니다.
계산대 뒤에 한 천사가 서 있었습니다.
여기서는 무엇을 파시나요 하고 물었더니
그 천사는 원하는 것은 무엇이든 판다고 하였습니다.
아! 그래요, 그것이 정말인가요.
그럼 지구의 평화, 억압의 종말, 기아로부터 해방,
모든 난민에게 줄 집을 사고 싶다고 했지요.

잠깐만요. 천사는 말했습니다. 무슨 오해가 있으시군요.
여기서는 과일은 팔지 않습니다.
오직 씨앗만을 파는 데요….

In my dream I walked into a shop.

Behind the counter stood an angel.

I asked: What do you sell here?

Anything you may want, the angel said.

Oh, I said, really?

Then I would like peace on earth, and end to oppression, no

more hunger, a home for all refugees…

Wait a moment, the angel said, you misunderstood me,

We don't sell fruit here, only seeds….

그렇다. 우리는 먼저 종자를 심어야 하는 것을 잊고 늘 과실만을 따먹기를 바란다. 그것도 좋은 씨앗(善根)을 뿌려야 맛 좋은 과실의 풍성한 수확을 기대할 수 있는 데도 말이다.

등불을 돌리면서

내가 다니는 절에서는 얼마간의 회비를 내는 사람에 한하여 법당 안에 등불을 켜준다. 아내의 설명에 따르면 그 회비로 최소한의 절 살림을 하는데 도움이 되도록 하자는 것이 취지라는 것이다. 그 등燈은 요즈음 사찰에서 흔히 볼 수 있는 탑 모양으로 조그만 전등불을 여러 개 켜도록 되어 있는데 등 앞에는 각자 이름이 적혀 있다. 우리 집도 우리 내외, 큰 아이 내외와 남매를 합쳐 모두 여섯 명이 나란히 배치되어 있다. 그래서 간혹 절에 가면 등불이 켜 있는지를 확인하고 우리 식구들의 등불이 부처님 쪽으로 향하도록 돌려놓고 온다.

그런데 다음번에 가보면 늘 다른 쪽으로 돌려져 있다. 어느 날도 등불을 부처님 쪽으로 돌리다가 나는 속으로 웃고 말았다. '내가 참으로 어리석은 사람이구나. 부처님이 자기 앞에 비춰진 불빛만 보시는 그런 존재가 아니란 것을 내가 너무나 잘 알고 있지 않은가. 참으로 한심한 짓을 하고 있구나' 하는 생각이 들었기 때문이다. 그후부터 나는 등불을 잊어버렸다.

《여씨춘추呂氏春秋》 맹춘기孟春紀 거사去私편에 "하늘은 사사로이 편애하여 덮어주는(잘 보아주는) 일이 없고, 땅은 사사로이 편애하여(필요없는 것을) 실어주는(존재하게 하는) 일이 없다"는 내용이 있다. 하늘과 땅天地은 불편부당不偏不黨하여 너무나 엄정하다는 것이다. 노자의 《도덕경》에도 천지불인天地不仁 하늘과 땅, 즉 우주와 자연은 어질지 않고 성인불인聖人不仁 즉, 성인 역시 어질지 않다고 하였다. 이 무슨 역설적인 말인가. 어진(仁) 것은 동양 사상의 제일 덕목인데 말이다.

그런데 냉정히 한번 생각해 보자. 어질다는 것은 어떤 나쁜 것에 대하여 이해하여 주고 용서하며 어려우면 도와주어야 하는 것으로 해석되고 있다. 만일 자연(天地의 理致)이 그렇게 한다면 이 우주질서가 어떻게 될 것인가. 예를

들어 태풍이 불어오다가 이곳에는 좋은 사람이 사는 곳이
니 다른 곳으로 갔다고 하자. 그래서 엉뚱한 곳에서 태풍
을 만난 사람들은 자연을 원망할 것이고 질서를 부정할 것
이다. 또 지진이 일어나서 땅이 갈라지다가 여기는 사찰이
나 교회가 있으니 피하여 다른 곳의 땅을 뒤엎어 버렸다는
사실을 다른 사람이 알았다면 자연에 대하여 어떻게 생각
할 것인가? 이 하늘과 땅은 누구를 위하거나 위하지 않음
이 없이 있는 그대로 모든 것을 있게 하는 것이다.

성인聖人 역시 마찬가지이다. 성인이라고 해서 어느 한
편을 위하여 마음을 내면 반드시 그 반대쪽에서 섭섭한 마
음을 가지게 된다. 그렇다고 모든 사물에 대하여 어짐을
베풀 수는 없다. 그래서 있는 그대로 자연질서에 내버려두
는 것이다. 여기서 불인不仁이라는 것이 얼마나 무서운 말
이며, 또 필요한 것인가를 잘 알 수 있다.

어느 해 겨울, 나는 집 아이와 함께 대구에서 가장 복잡
한 동성로에 간 일이 있다. 그날은 바람이 몹시 불었다. 그
런데 어느 건물에서 떨어진 조그만 나무 간판이 휙 날려와
서 나의 목에 부딪혔다. 모두들 가게 주인에게 항의하라고
하였지만 나는 우리 아이에게 떨어지지 않았다는 것과 또
나에게 떨어져도 크게 다치지 않은 것만을 다행으로 여기

고 그냥 돌아왔다. 사람들이 어깨를 부딪히며 다닐 정도로 많았는데 하필이면 나에게 그것이 떨어진 이유를 나는 모른다. 그런데 겨울에 바람이 부는 것은 당연하고 바람이 심하게 불면 물건이 떨어지게 마련이다. 떨어진 물건은 어디엔가 부딪힌다. 이 모두가 자연법칙이다. 그것은 내가 어찌할 도리가 없는 것이다. 천지는 불인한 데 어쩌랴.

나는 불불인佛不仁을 생각하게 된다. 부처가 어질지 않다? 부처는 자비의 대명사인데 부처가 어질지 않다고. 그런데 세존만큼 불인不仁하게 행동하였고, 불인하게 말하였고, 불인하게 산 사람은 없다. 아들을 잃은 여인의 이야기를 보자.

외동아들을 잃은 어느 여인이 세존께 아들을 살려줄 것을 간청하였다. 그때 세존은 자기가 시키는 대로 하면 그렇게 하여 주겠노라고 하였다. 여인은 기뻐하며 그렇게 하겠다고 다짐하였다. 세존은 여인에게 아랫마을에 가서 사람이 죽지 않은 집이 있으면 찾아오라고 했다. 여인은 즐거운 마음으로 마을로 내려갔다. 그러나 아무리 찾아도 그런 집이 없었다. 세존께 찾지 못하였다고 하였다. 그때 세존은 "태어난 모든 것은 죽는다. 그러니 너무 슬퍼 마라"고 위로하였다. 만일 세존이 그 여인을 불쌍히 여겨서 혹시 신통력으로 그 아이를 살려주었다고 하자. 그러면 지구의 모든 사람들이 자기 아이를, 사랑하는 아내를, 남편을 또는 어버이를 살려달라고 한다면 이를 어찌할 것인가.

세존은 다만 인연에 따라 업을 짓고 업에 따라 윤회한다는 사실을 알려주는 것 외에 할 일이 없는 것이다. 사실이 인연법과 윤회 사실을 알려 주는 것으로써 세존의 임무는 끝나는 것이다. 그 다음은 각자에 달려 있다. 부처는 불인不仁한데 우리는 부처님 코앞에서 절을 해야 하고, 꼭 자기가 가져온 향과 초로 불을 켜야 직성이 풀린다.

부처가 불인하다면 무엇 때문에 부처의 명호名號를 부르고 기도를 하는가? 나는 이렇게 이해하고 있다. 명호를 부르는 것은 우주 진리를 깨달은 위대한 분이니 그 이름을 부름으로써 자기도 그렇게 되기를 원하고, 또 자기와 동질성同質性을 부여하기 위함이라고. 그리고 기도의 기祈는 알리다(告)의 뜻도 있다. 그러므로 내가 이러이러한 원願을 세웠습니다 라고 알리는 것이다. 그 원을 이룩하기 위하여 이렇게 하겠다고 다짐을 하고 그것을 약속하는 것이다. 타력他力에 의하여 이루고자 하는 것이 아니라 내 스스로 그렇게 되도록 하는 것이다. 성인聖人은 불인不仁하기 때문에 누구누구는 도와주고 누구누구는 그렇게 하지 않는 일은

없다. 모두가 자기에게 달려 있다. 그래서 나도 이제 등불
을 돌리는 일이 부질없음을 알고 그만 둔 것이다.

고지식과 외골수의 대화

© 정희돈 2004

1판 1쇄 인쇄 | 2004년 2월 23일
1판 1쇄 발행 | 2004년 3월 2일

지은이 | 정희돈
펴낸이 | 김동금
펴낸곳 | 우리출판사

등록 | 1988년 1월 21일 제9-139호
주소 | 서울특별시 서대문구 충정로 3가 1-38
전화 | (02) 313-5047 · 5056
팩스 | (02) 393-9696
메일 | woribook@chollian.net

ISBN 89-7561-206-6 03810